姑姑家的夏令營

鄭宗弦——著
吳嘉鴻——圖

如果有一天我能出一本書（自序）

這本書再版了，心中除了感動，還有滿滿的感謝。

我從小學畫國畫，對於民俗藝術充滿興趣，立志當一位國畫家，卻沒想到服兵役時因緣際會開始寫作，三年之後竟成了少兒文學作家。

事情的演變是這樣的。

服兵役時，我寫成人散文投稿報紙，參加文學比賽，小有成績。退伍之後，我轉換主修農學的跑道，考上台東師院的國小師資班，學習怎麼當一位國小老師。

同學們大多兼家教賺取生活費，我則是寫文章賺稿費，心中殷切盼望著

「如果有一天我能出一本書」，那該有多好。

萬萬沒想到，上天真的聽見我的願望了。

有一天，我去上林文寶老師的兒童文學課，偶然看見公告欄上貼著一張「九歌現代兒童文學獎」的比賽簡章。比賽項目是兒童小說，一個我完全陌生的領域，讓人驚喜的是它獎金十分豐厚，而且得獎者的作品能出版成書，作者還能享有版稅。

天哪！對創作者來講，沒有什麼禮物比這更珍貴盛大了。

我思忖著，既然我要當國小老師，那麼從散文轉向兒童小說來關注小朋友，那也是應該的呀！因此我開始構思作品。

聽說作家的第一本書大多都會寫童年，我很自然回想起自己的童年，其中阿公的農場帶給我許多快樂回憶，於是便把它寫下來。

記得當時剛過完年，家裡的糕餅店即將大量製作紅龜粿等上元節的供品，我必須趕在開工之前完成小說，否則跟著家人忙上幾天，勢必錯過截稿日期。於是我從三天前開始，在沒有擬大綱和草稿的情況下直接在稿紙上書寫。沒想到焚膏繼晷的結果是用腦過度導致神經衰弱，邊寫邊暈，頻頻作嘔，痛苦難當。總算忍到最後，熬夜到開工日凌晨四點，才完成這四萬五千字的作品。

寒假結束回到台東，我整理稿件加以裝訂，裝成包裹寄出，靜候佳音。總算皇天不負苦心人，幾個月後我接到九歌出版社的來電，恭喜我得到佳作。隔天早上，教我們書法的吳淑美老師也打電話通知我得獎，我這才知道，原來她的先生林文寶老師也擔任這次的評審。

後來林老師對我說，他之前對我完全沒有印象，只因評審結束後，看到包裹上的寄件地址來自台東，感到十分好奇。歷年來，來自台東的參賽作品非常少，他猜測作者可能是東師的學生，因此打電話請吳老師察看學生名單。結果「賓果」，當下非常開心。

林老師誠摯的對我說：「希望在以後的頒獎典禮也能看到你。」哇！這對我是莫大的鼓勵，我如同被催眠一般，燃起對少兒小說的狂熱，開始找書來研究，並用一年的時間來磨練下一本作品。

接下來我每年參賽，第二年以《第一百面金牌》得到第三名，第三年以《又見寒煙壺》得到第二名，第四年以《媽祖回娘家》榮獲第一名，從此確認以創作少兒文學為一生的職志，至今已經寫作二十年，出版少兒文學作品有一百多本。

我每次到學校演講時，總不忘提起這段往事，藉以勉勵孩子們堅持目標勇往邁進，不斷努力求進步，絕不輕言放棄，終有成功之日。

感謝一路上貴人們的提攜，更感謝九歌出版社提供肥沃的苗圃，讓我能在其中生根發芽，茁壯成長。

《姑姑家的夏令營》是我所生的第一個書寶寶，它青澀稚嫩卻彌足珍貴。

今逢它再版，我欣喜之餘，決定將這四本得獎作品統名為「鄭宗弦的九歌大獎系列」以資紀念，並鼓勵有志於研究與創作者參考，探究一位作家從初出茅廬的生澀，年年進步到成熟的成長足跡。

鄭宗弦 於二〇一九年八月

目錄

1 姑姑回娘家

好不容易鑽出棉被，阿明快步衝進廁所，才沖了水就忍不住打了兩個噴嚏。

「又沒有披上外套了！」媽媽在廚房裡聽見了。

「哦！」阿明套上媽媽買的新衣服，問：「姑姑不是要來嗎？」

「哪有那麼快，從嘉義上來，起碼也要下午才會到。」

昨天大年初一，爸爸和媽媽帶阿明去逛百貨公司，留爺爺一個人在家看電視。百貨公司裡，金色、紅色的「春」、「福」、「滿」字貼得到處都是，比平常還要熱鬧繽紛，可是街上的車輛和行人反而少了很多，一點也不像平日的台北市。

天空灰暗暗的，飄著毛毛細雨，風一吹來，溼溼冷冷的，很不舒服，他們很早就回家了。大部分的同學都回南部去過年了，阿明沒伴可找，只好窩在家裡，還好他在百貨公司買了一台電動玩具「俄羅斯方塊」回來玩，不然他覺得過年好無聊。

阿明拿出新買的電動玩具，打了半小時，始終衝不過第三關，他索性放下機子，到房裡掏出所有的紅包點算起來。

「一千……兩千……兩千一百。嗯，扣掉電動玩具九百元還剩兩千一百元，沒錯。」想到姑姑要來。「哈！還有姑姑的一包，不知道她會包多少？」

從小姑姑就很疼阿明，每次一來都會為他準備禮物，阿明學畫畫時，她就送水彩顏料，阿明學珠算時，她就送了一個美麗的算盤，不過那是小學二、三年級時的事了，三年多前奶奶去世之後，姑姑就很少來了，像去年除了過年，就只有暑假來一次。阿明很希望姑姑常來，這樣家裡才會熱鬧一點。

快吃晚飯時姑姑才到，她穿著一件又紅又黑的大衣，手上提著禮盒，笑瞇瞇地站在門口。

「姑姑！姑姑！」阿明興奮地大聲喊叫。

「阿明！嗯，又長高了，過來我比比看。」

姑姑和阿明比身高，阿明竟已超過她了，姑姑又驚又喜。

「咦！你不是說建雄和月娟也要來嗎？」爺爺發現只有姑姑一人感到納悶。

「哎呀！沒辦法，家裡還有事要忙，潤豐不讓孩子跟來，留著幫忙。」姑姑把禮盒放在桌上，坐上沙發說：「花菇、干貝、火腿，放著慢慢吃。」

「美華每次都這麼客氣。」媽媽說。

「阿爸！潤豐要我代他向你拜年，去年農場生意不錯……」姑姑說著，從皮袋裡掏出一個大紅包，飽飽的。

爺爺臉上笑得皺成一團。

姑姑看見阿明張大了眼盯著她看，笑著說：「當然，少不了你的那一份。」說完，也遞了一個給阿明。

「謝謝姑姑！」阿明看見紅包袋上還寫了「魏文明同學」幾個大字，咧開嘴笑個不停。

姑姑說：「唉！現在的孩子平日裡什麼都有了，過年時除了紅包，大概沒有什麼可以教他們期待和興奮的了。」

媽媽請姑姑坐會兒休息一下，她則要阿明來幫忙洗菜，晚餐吃火鍋。

餐桌上早已擺滿了各式火鍋料，裡頭有阿明最喜歡吃的蝦餃、花枝餃、燕餃和蟹肉棒，阿明聞到那鍋湯底的味道，口水猛鑽出來，他把洗好的茼蒿菜放在大盤子上，擺在豬肉片旁邊。

滿
福
喜
春

幸福
福

「哎呀！忘了買豆腐了。」媽媽調好沾料才發現少了爺爺最愛吃的東西。

她要爸爸去超市買，順便再買盒雞蛋，她調沙茶醬把雞蛋用完了。她又叫阿明請姑姑和爺爺先來用餐。

姑姑看到豐盛的晚餐，說：「本來暈車，不怎麼餓的，現在倒像可以吃下兩隻雞。」

大家一邊吃菜，一邊聊了起來。

姑姑說：「大嫂，我好羨慕你喔！家庭主婦，整天待在家裡煮飯、洗衣、看電視，真是好命。」

「怎麼？很忙嗎？」媽媽幫每個人都夾了一塊豬肉。

「哎！忙！忙！忙！怎麼不忙呢？光是餵豬餵雞就要忙上半天，還要煮飯、洗衣，晚上還要做衣服，現在那些龍眼樹都不管它了，牲畜的利潤好得多。」

「好像農作物的收入都不好，肉類好一點吧！」媽媽說。

「好多了，你看一顆高麗菜才十塊錢。而且很多田裡都有福壽螺，至少又損失了一成。」

「嗯！最近新聞常聽到。」爺爺說。「對了，月娟和建雄不是也會幫忙嗎？」

「會呀！月娟上了國中以後功課就多了，不過還常幫我洗衣、煮飯。建雄就野了，只知道玩，三催四請才不甘不願地去做事，不像阿明這麼乖。」

阿明聽到姑姑誇他，不好意思，趕快問一個問題：「姑姑你說福壽螺，那是什麼……」

「嗨！我回來了。」爸爸突然開門大叫，他還買了高粱酒和香檳回來。「有沒有偷偷說我的壞話啊？」

「哪有？我說阿明是個乖孩子。是你教導有方。」姑姑說。

「嗯！阿明是很聽話，功課也好，可惜是一隻『飼料雞』。」爸爸又說。

「什麼東西？」阿明很愛吃炸雞，就沒聽過「飼料雞」。

「飼料雞你不懂，溫室裡的花朵就懂了吧！你看你又白又瘦，體育成績差，一大早起床就打噴嚏。」

阿明紅了一張臉，尤其爸爸提到體育成績。「為什麼叫『飼料雞』？」他有點不甘心。

「那是相對於野放的土雞而言的，土雞在野外覓食，東跑西跳，肌肉就結實有彈性，吃起來鮮嫩無比，而飼料雞被關在籠子裡，不必行動就有食物吃，長得快卻不實在，肌肉鬆垮垮的，吃起來口感和味道就差多了。」爸爸說。

「這麼說，建雄是土雞囉？」阿明面向姑姑。

「是啊！你們一樣都六年級，他卻矮你半個頭。」姑姑答。

「哈！哈！……。」大家都笑起來。

「來！來！來！不管什麼火雞、炸雞、戰鬥機和電視機，乾杯！乾杯！」爺爺舉起小酒杯，大聲地說。

「乾杯！」大家都端起自己的飲料，一飲而盡。

「我說……當初我們從嘉義搬到台北的時候，阿明才兩歲半，算起來……是一個道地的都市人，不像我們……都是鄉下人。」爺爺一杯酒下肚，講話的速度就變了。「可憐的……阿明，恐怕連水稻……和……甘蔗都分不清楚呢！」

「我會分，稻子是金黃色的，甘蔗是咖啡色的。」

「葉子有什麼不一樣嗎？」爸爸接著問。

「……。」阿明想了一會兒，吞吞吐吐地說：「書上……沒有寫。」

「哎！就是這樣才會每年暑假都讓你去參加夏令營，看看外面的世界。」爸爸說。

「可是夏令營也沒教這個啊！」

「不錯了啦！阿明又會畫畫，又會珠算，又會拉小提琴，現在又會彈鋼琴，功課又不受影響，真是多才多藝呢！」姑姑又誇人了。

「花那麼多時間去補習，不會行嗎？」阿明口氣裡好像在埋怨什麼似的。

「那架鋼琴是我的嫁妝，本來沒有要他學的，去年他突然有興趣，我就自己教他，不過今年升上初中後，功課不像小學輕鬆，鋼琴就別再練了。」媽媽補充。

「是啊！月娟上了初中之後，也不得不叫她去補數學。」姑姑說。「對了，不如這樣吧！今年的暑假阿明來我們農場玩幾天，小學畢業了也該休息一下，升上初中之後怕比較沒有機會囉！」

「不好吧！暑假應該先補英文。」

「拜託！媽。」

「大嫂你別急嘛！讓阿明先到鄉下玩一陣子，再回來補英文也不遲啊！」

「嗯，到鄉下住一陣子，看會不會變成一隻土雞，哈……。」爸爸贊成。

「好！好！回到……故鄉……老鄉，乾杯！」爺爺酒性又發了。

阿明可不管什麼「土雞」，姑姑家有得玩，姑姑又那麼疼他，他當然要去了，更何況可以先不用去「補習」。

晚飯後，爺爺和爸爸在客廳泡茶，媽媽和姑姑收拾好碗筷後，就進房間聊天了，阿明坐在房門旁的沙發上打電動。

「布尺在這兒。」阿明聽見媽媽說。「吃飯的時候不好意思說。」

「我知道。」

「哎！你看，又胖了吧！」

「還好啦！」

「還是你做的內衣好穿，市面上的成品，不是太緊就是太露。」

「以前的穿不下了嗎？」

「有兩件破了，被我撐破的吧！哈……。」

「這次要做幾件？」

「五件好了。」媽媽聲音減弱：「你大哥已經唸了我很多次，還要買百貨公司的給我穿，我就是不肯，一定要穿你做的。」

「哎喲！真多謝你捧場。」姑姑又說：「大嫂，你今天回娘家了嗎？」

「沒有，明天才去，反正板橋而已，很近……，對了，明天得麻煩你煮飯了。」

「那有什麼問題！」

安靜了一會兒之後。

「對了，現在怎麼樣？和你家那個大嫂……」媽媽的聲音又響起。

「哎！還不是那樣，你不知道這個女人有多壞……」姑姑的聲音變得激動。

「等一下……」媽媽打斷她的話。

「叩！」的一聲，房門關上了。

阿明正打到第二關，他自言自語：「奇怪！女生好像總是有很多祕密……。」

2 姑姑家的夏令營

又是一個溽熱的豔陽天，月台上的人都被暑氣蒸烤得脹紅了臉，阿明和媽媽卻輕鬆愉快地坐在涼爽舒適的自強號快車上。前天是建雄的畢業典禮，比阿明的晚了四天，姑姑想起過年時的邀約，打電話叫媽媽快帶阿明到嘉義玩，爸爸戲稱這一趟為「姑姑家的夏令營」。

阿明趴在車窗上，目送高樓大廈向身後退去。他自言自語：「坐火車真好，不必管紅綠燈。火車最偉大，大家都讓它先過。」平交道上的人車，彷彿正向火車行注目禮，一動也不動。

阿明看到車廂置物架上兩份相同的禮盒，忍不住問媽媽：「除了姑姑，我們還要去找誰嗎？」

「哦！你是說這禮物嗎？一份送給姑姑的大嫂。」

「你不就是大嫂嗎？」

「不，是！」媽媽似乎也有一點兒被阿明搞迷糊了。「我是大嫂沒錯，但是姑丈也有大哥，他的太太也是姑姑的大嫂。」

「原來是這樣。」阿明打破砂鍋問到底：「為什麼要找他們？」

「他們和姑姑住一起的。」

「哦！他們大家庭囉。」

「嗯，以前是，現在不是了，已經分家了。」

「為什麼還住一起？不是分家了？」

「他們合住一個三合院，一房住一邊，分家只表示經濟獨立，沒有同桌吃飯而已。」

「以前同桌吃飯？」

「姑姑說她公婆活著時，他們每餐有九個人一同吃飯，有時煮好飯菜要找齊九個人開飯，得花個十來分鐘。」

「哇！好熱鬧。」

阿明取出包包裡的電動玩具，除了俄羅斯方塊還有超級瑪利，經過半年苦練，阿明的方塊堆疊技巧已經衝破了第六關，而超級瑪利則是他指定爸爸送他的畢業禮物，也是他接著要奮鬥的目標。阿明先打超級瑪利，由於生疏，他很快就「game over」了，再加上火車晃動不已，漸漸感到眼睛酸澀疲累。

「啊——呵——哈——。」阿明打了一個呵欠。

「收起來了，當心近視加深。」媽媽說。

轉頭看看窗外風景，火車已經到了鄉間，視野裡盡是一望無際的藍天和綠地，水田的稻子被烈日曬得油亮，清風之下，滾動著一波波的浪舞，像這般天寬地闊的景象，在台北市裡大概只有中正紀念堂前廣場能稍微比擬。

欣賞著田野之美，阿明卻不禁哀聲嘆了一口氣。

「怎麼了？」媽媽感到莫名其妙。

「媽！我好想班上同學。」阿明轉回頭說：「升上初中後，不知道會不會再同班？」

「很難喔！不同區的，恐怕連學校也不同。」媽媽又說：「你前幾天不是才和鄭翔聲、黃加宗和何登洲去看電影《異形》嗎？」

阿明點點頭，又朝向窗外。

鄭翔聲是有一次跌斷了腿，阿明幫他拿枴杖，扶他上下樓梯，從此就和阿明要好；黃加宗是全班唯一和阿明同班六年的同學，好幾次分班，兩人始終在一起，所以阿明特別珍惜這分緣分；何登洲則對阿明最好，他很有運動細胞，每次打躲避球若是和阿明同組，他都會守在一旁，幫阿明擋掉攻擊球，有時候自己接到球不打，反而傳給阿明出手，阿明還特地叫他不要這樣，自己並沒那麼遜。

田裡的水不時反映出一道道金光，近處的坡地上，嫩綠漸層到濃綠的相思樹叢，都好像是油畫裡的筆調，立體鮮明的樣子似乎唾手可得，但隔著玻璃卻有咫尺天涯之感，尤其風馳電掣的車速，使得景物像螢幕上的動畫瞬間閃逝，來不及細看就得無奈地告別。

「畢業典禮那天，好多人都哭了……。」阿明幽幽的說。

姑姑家真遠，出了嘉義火車站還要轉搭客運公車。鄉下的公車破舊，行進時還伴隨著隆隆的噪音，爸爸說過很多鄉下的公車都是都市車汰舊換新時賣給他們的，這一台想必也是了。又吵又熱使阿明有些不舒服。

建雄在站牌下迎接他們，穿著汗衫、短褲和拖鞋。「舅媽，阿明。」

「建雄，害你久等了。」媽媽說。

姑姑家門口有一個很大的曬穀場，頂著紅瓦片的紅磚房圍住三面呈「ㄇ」字形，中間的房門上橫寫著有「西河衍派」四個大字，簷下的柱子顯得有點剝蝕，兩個紅色燈籠上有「四季平安」、「吉慶有餘」字樣，這種古老的房子好像是從古裝片中走出來的，和家裡四房兩廳的公寓截然不同。

姑姑從左邊這排屋子走出來，熱誠地招喚，她說一早就殺了雞鴨，還叫月娟整理通鋪，讓出床位來。

「媽，『西河衍派』是什麼意思？」阿明指著門上問。

「那是姓林的堂號，表示林家祖先發祥地。」反而是姑姑回話。

「我們姓魏的呢？」

「好像從鉅鹿來的吧！河南省鉅鹿，我不確定，得去問爺爺了。」媽媽聳聳肩。

姑姑領他們進大廳，除了神明桌之外，兩旁還對稱並列四張稜角分明，立得直挺挺的椅子。

「這間是大廳，奉祀祖宗牌位，以前建雄的爺爺、奶奶就住在隔壁間房。你看這幾把鑲花紋的太師椅，還有地上打磨石子成六角形圖案，可比美現代磁磚，這在五十年前可是最新潮的。」姑姑說得像是博物館裡的解說員。

馬上她又覺得不妥。「哎呀！忘了先請你們回家坐，休息一下。」

「來，一點小東西。」媽媽遞上禮物。

「啊！謝謝，人來就好了……。」

「另外這一份要給你大嫂他們的，我看……我先帶阿明過去打個招呼。」

「大嫂，你真是禮數周到，連她，你也想到了。」

「禮貌嘛！大家都是親戚呀！」

「這時候應該回來了，通常下午會去巡田水……。」姑姑又提醒：「快去快回，要吃飯了。」

建雄打著赤腳在曬穀場上溜達，不時好奇地朝這邊望著。姑姑見了他大叫：「喂！一回家就打赤腳，你沒看到舅媽和阿明在這兒嗎？真沒禮貌。」

媽媽領著阿明穿過曬穀場到右邊這排屋子來，她探頭入門內輕聲喚道：「喂！有人在嗎？大嫂！」

牆邊門布簾後傳來一句成熟清亮的女人聲：「誰呀？找誰？」

「阿嫂，我是美華台北的大嫂。」

「誰？」掀開布簾，女人低頭步出，和姑姑一樣燙著「媽媽頭」，但顯得胖多了。

「是我，美華台北的大嫂。」媽媽又說了一遍。

「哦……，哦！是，是。我差一點認不出來了，好幾年沒來了吧！」

「嘿！大概五年囉！」

「稀客！進來坐一下，我剛回來，正準備做飯。」她指引大家坐下。「咦！今天怎麼有空？」

媽媽把禮盒擺在桌上，說：「小孩子放暑假，帶他來住幾天。阿明，叫伯母。」

「伯母。」

「乖，小孩都這麼大了，幾年級了？」

「國小剛畢業。」阿明又說。

「哦……，好像是和建雄同齡嘛！我忘了。」伯母注意到禮盒了，露出不安的表情：「哎！怎麼還帶東西來呢？……不好意思呀！」

「應該的，小孩子來打擾了。」

「不會，不會。阿明是嗎？」

「我叫魏文明。」

「喔！濃眉大眼的小帥哥。」

媽媽聽了好樂，輕聲說：「沒有，沒有。」

「來住幾天？」伯母又問。

「阿明來住兩個禮拜，我家裡有事，明天先走。」

「這樣快呀！等一下……你們坐一下。」伯母站起身，往裡頭走去。

「帶幾條香腸回去，自己灌的，和台北的不一樣喔！」伯母滿臉笑意。

「不用了，不要客氣了……。」媽媽也站了起來。

「沒關係，自己灌的，衛生看得見。」布簾後傳來的小小聲。

姑姑家和外觀是表裡不一的，裡面的設備和裝潢都是現代的模樣，沙發、電視、旋轉餐桌、大冰箱，只差沒有鋪磁磚罷了，不過這樣也好，省得脫鞋子。

晚餐果然十分豐盛，有辣炒雞丁、炸雞腿、紅燒魚、鹽水鴨、鴨肉羮和幾道不知名的青菜。

「來，吃看看。這幾樣野菜在都市裡吃不到的。」姑丈勸大家多用菜。

姑姑一一說明：「這盤是牧草筍，用牧草的芯炒的；這盤是甘蔗筍，甘蔗的芯炒的；這是涼拌木瓜，沒吃過吧？」姑姑眉飛色舞，十分得意的樣子。

「哇！木瓜也能做菜呀？」阿明覺得不可思議。

「當然行啦！青木瓜甜甜脆脆的，才好吃呢！」月娟又說：「木瓜拿來做木瓜粿更好吃。」

「哇！真神奇。我以前都沒聽說過。」阿明說著，吸了一口氣，又用手扶了一下眼鏡。

媽媽對姑姑說：「唉！美華。我看你大嫂人滿客氣的，還給了我一包香腸。」

「當然，對外人當然客氣啦！」

「我看妳們多少有些誤會。」

「你不知道，這個女人……。」

「咳！」姑丈瞪了姑姑一眼，姑姑講一半就停了。

氣氛顯然不太對，阿明覺得怪，但不敢多問。

「豐嫂啊！豐嫂在嗎？」屋外傳來一個女人的聲音。

借著夕陽餘暉，一個白布衣裳，面容清瘦的太太身上閃著橙紅色的光。

「咦！清水孀仔，什麼事？一塊兒來吃飯吧！」姑姑出門去招呼。

「多謝，你們吃。不好意思，來向你借東西。」

「什麼東西？」

「我公公後天生日，清水仔說今年自己煮三桌就好，聽說你家有大湯鍋，能不能借用一下？」她低頭一笑。

「多大的鍋子？」

「差不多煮三十人份的菜湯。」

「啊！那麼大。」姑姑側著頭考慮了一下。「好！我晚一點拿出來洗一洗，叫建雄拿過去。」

「真多謝！那後天中午來讓我們請啊！喔？豐嫂，潤豐兄！」她又點頭又鞠躬。

「好！好！」姑丈舉起右手回應。

「一定來喔！」說完，帶著微笑，雙手互相輕握，離開了。

阿明低聲問建雄：「那是誰？」

「她是慶記的媽，慶記是我的同學。」

「慶記？子彈嗎？好奇怪的名字。」

「不是子彈，他叫鄭慶記。」

姑丈好像想到什麼，質疑著：「咦！美華啊！我們家有那麼大的鍋子嗎？我好像沒看過。」

「沒有哇。等會兒吃完飯，你到街上買一個吧！」

「啊！你在幹什麼？買東西來借人？」

「哎！你聽我說。你也知道清水家最近比較困難，為了金寶螺，莊內的人都不太諒解他們，我們就幫幫他嘛！」

姑丈沉默不語。

「何況，這種大鍋子，我用來煮番薯餵豬也很理想，又不是買來擺著好看。」

姑丈終於開口：「也好。」

「美華，你的心地真好。」媽媽稱讚道。

阿明搞不懂：「什麼螺？什麼東西？」

「福壽螺啦！金寶螺其實就是福壽螺。」建雄說。

「福壽螺，這我就有聽說過。」

「改天帶你去抓。」建雄興奮地對阿明說。

姑姑幫媽媽盛了一碗鴨肉焿，皺了眉說：「大嫂，你也真是的，難得來一趟，也不多住幾天。」

「沒辦法啊！板橋那邊有要緊事找我去辦呢！」媽媽接過碗，看著阿明說：「阿明交給你，有什麼事叫他一起幫忙，不要客氣。嗯？阿明？」

阿明點點頭。

「別給姑丈和姑姑惹麻煩了。」媽媽又補充。

「不會的。」姑姑說。

3 黃金豬腳

阿明起了個大早。

雖然天氣很熱，只吹一把電扇，睡的又是硬木板床，不大習慣，但坐了一天的車，阿明不到九點半就睡了，大概是真累了，他睡得香又甜。

屋外雞鳴不已，引起阿明好奇。步出房門來到曬穀場上，清新的空氣誘得他伸了懶腰，深深吸了一口，清涼陣陣沁入心脾，感覺無比舒暢。

薄霧中透著晨光，近處的田舍迷迷濛濛，能辨識形影卻說不出顏色，只是灰灰白白一片，遠處的景物更不用說了。

阿明循聲找到公雞，原來是屋子後面空地上放養的五隻黃毛雞，不知已啼了多久了，仍然樂此不疲。

再走回前庭時，太陽已經出來了，薄霧散開，好比舞台上的序幕拉開，華麗的布景驟然呈現。藍天裡幾朵白雲染了金光，遠山青裡透白，宛如細碎的玉塊，散發出神祕的光暈，綠色的竹林前錯落著一間間低矮的紅瓦厝，鮮明的對比色澤，增添了幾許活潑的氣息。

姑姑從田埂上走來，右手提著籃子，另一隻手則揮舞著。

阿明看見了，也揮手回應，大聲吆喝道：「姑姑早！」

「早啊！阿明。朝氣蓬勃，不錯！」姑姑走近來，問候道：「昨晚睡得好嗎？」

「好哇！一覺到天亮。」阿明笑著。

姑姑亮了一下籃子裡的東西，是一顆顆橙黃色的雞蛋。她說：

「一早到雞舍去撿的。」

「好特別的蛋，和超市賣的顏色不一樣。」

「你沒有看過？這是土雞蛋，超市的白雞蛋是飼料雞生的。」

「哦！我要去看看土雞和飼料雞有何不同。」阿明還記得以前爸爸取笑他的事。

「好的，等吃過早餐，叫建雄帶你去農場逛逛。我來煎幾個荷包蛋，土雞蛋比較香甜喔！」姑姑又說：「咦！媽媽呢？」

「她還在睡呢！」

「我們昨晚聊到十一點。」姑姑笑一笑。「叫她起床了。這裡到市區還要半個多鐘頭，晚了怕趕不上火車。」

稀飯是月娟熬的，比媽媽煮的還濃還稠，配上花瓜和菜乾，酸酸甜甜的很好吃，不過阿明分別不出到底哪一種蛋比較香甜，倒是媽媽對姑姑的土雞荷包蛋讚不絕口。

姑姑還要忙著配飼料，便交代月娟陪媽媽等公車。臨行前媽媽不忘再三叮嚀，要阿明聽話、幫忙，阿明覺得有點煩，一邊點頭一邊想：「怎麼到了鄉下，媽媽變得好囉嗦？」

建雄領著阿明穿過水田和竹林，來到一個高大的紅色柵欄鐵門前，鐵門的兩側用水泥牆圍住，後面隱約露出翠綠的葉子和纍纍的果實。

「到了！」建雄說：「我們家的『鴨母寮，豬哥窟』。」

「啊？什麼？」阿明不懂後面那句台語。

「『鴨母寮，豬哥窟』就是禽畜住的地方。」

「喔！」

「農場的意思啦！」

還沒進門呢！早就聽到猛犬狂吠聲。「嗯……，汪！汪！嗯……，嗯……，汪！」

入口處的一個大鐵籠裡關著一隻大狼犬，正張牙舞爪地對著阿明亂叫，不時發出威脅的低吼。

阿明退了兩步，提高警覺。

「別怕，我來。」建雄高舉右手，在頭後面握拳做出劈掌的預備動作，對狼犬大叫：「瑪莉！不要叫了，瑪莉！」

狗兒見狀，果然「伊——伊——嗚——嗚——。」幾聲後就安靜了。

「瑪莉？超級瑪利？哈！怎麼和電動玩具的名字一樣？」阿明驚喜。

「真的？」

「我有一台掌上型的。我有帶來喔！」

「真的？借我玩。我玩過別人的，不過是打飛機的。」

「好哇！就是帶來和你玩的。還有俄羅斯方塊。」

「哇！太棒了。」

地公，鐵籠後面有一間小瓦房，靠著牆立了一張桌子，桌上供著一尊土地公，雕飾著雙龍搶珠的小銅爐裡插有三炷香，裊裊白煙隨意飄散。

「那是我爸點的，每天早上都拜。」他又指著門邊的一張小木床說。「有時候忙得太晚了，他就睡在這兒。」

一陣陣濃烈的屎尿味襲來，阿明忍不住皺眉說：「嗚哇！好臭！好臭！」

「都還沒到豬舍，你就受不了啦！」建雄說：「其實聞久了就習慣了。來！去找我爸。」

沿著紅磚鋪成的路，臭味愈來愈濃，不一會兒來到了豬圈。豬圈也是紅磚紅瓦堆砌而成的，長長的一排建築間格成十幾個小空間，中間的牆高度只到腰際，所以裡頭的情況一目瞭然，每一間裡約莫關著

四、五頭豬，有白的也有黑的，更有黑白相間的花豬，四處「恭……恭……哆……嗦……」地亂鑽亂叫。大概肚子餓了，豬叫聲此起彼落，吵個不停。

「爸！」建雄叫了一聲。

姑丈正在前方推著一台獨輪車。

「姑丈！」

「嘿！你們來了。」姑丈交代建雄：「飼料我來餵就好，你帶阿明四處看看。記得，不要去惹包娜娜，牠剛剛又叫又跳，情緒很不穩。」

「好的。」

阿明看著建雄，一臉茫然。

「美鈴呢？今天會生嗎？」建雄問。

「嗯！恐怕沒那麼快，剛才擠奶頭已經有一點奶了，可能這兩三天吧！」

「來！阿明，我帶你去看。」

建雄在豬圈裡拐了兩個彎，在一頭大豬前停下來，這頭豬獨自享用一間豬舍，猶如獨居套房一般。

「哪！這就是美鈴，你看牠肚子那麼大，快生了耶！」

確實那肚皮鼓脹得厲害，壓著肥大的兩排乳房都快拖到地了。

「那，包娜娜是哪一隻？」這些豬取了人名，引起阿明好奇。

「哦！牠不是豬，是一隻公猴子。」

「啊！公的，怎麼取了女生的名字。」

「是爸爸說牠既然愛吃香蕉，就取名香蕉banana，banana——包娜娜，不是有一個女歌星!?」

「我知道，香蕉歌后。」

「走！牠在另外一邊。」

豬舍的另外一邊是養雞場，猴子就拴在第二排雞舍的前面。建雄伸手擋住阿明，遠遠地觀看，聽從爸爸的忠告總是沒錯。「這個包娜娜，以前發狠抓傷過人呢！」

「啊！那我得小心。」阿明頓時對牠敬畏三分。

「這三排是雞舍。」建雄說：「另外，果園裡養了一些土雞。雞舍和豬圈不同，要用塑膠布罩住，怕雞飛走。」

阿明朝塑膠布裡瞄了一眼，雞群受到驚嚇，「咯！咯！咯！」喧鬧地向後奔跑。阿明早忘了判別雞種的問題，注意力全被那隻齜牙咧嘴的台灣獼猴吸過去了。

建雄拾起一顆小石子朝猴子扔去，猴子變得歇斯底里，又叫又跳，頻頻向前猛衝，一條鐵鍊被牠拉成僵直的一根鐵棒似的。雖然距離有十多公尺，阿明仍緊張得退了幾步。

「建雄，別鬧牠了吧！」

「瞧你害怕的。」建雄說。「好了，我們去摘龍眼吧！很好吃喔！」

阿明想起在門口看到的果實原來是龍眼，難怪那麼眼熟。

建雄繞過雞舍再往前走，來到一個紅磚鋪砌的小池子邊，裡面裝滿了黑褐色像泥巴一樣的東西。

「阿明小心！不要太靠近，掉下去就沒救了。」建雄故意嚇他：「以前有一隻小豬亂跑，淹死在這裡。」

阿明馬上跳開，問：「這是什麼東西？」

看阿明慌張的模樣，建雄很有成就感。

「豬——糞——池——。」建雄壓低聲音，一副神祕兮兮的樣子。

「啊！」阿明覺得很噁心。

「其實也沒有什麼好大驚小怪的，豬糞酸酵了根本就不會臭。」建雄笑著說：「而且還很有營養呢！你看這幾棵龍眼結得特別多。」

建雄說完就跳上樹，兩三下就藏進枝椏中，摘了一串龍眼往下丟。「阿明上來！」

「我不會爬。」

「那你就在下面摘。那邊也有不少。」建雄指著豬圈旁，那兒幾棵都彎了腰，果子纍纍垂到屋簷下了。

阿明踮起腳尖往上抓。

「嗚……嗚……。」吃力地伸長手臂仍搆不著。

試著跳起來。「嘿，摘到了。」

換個角度再一次。

「噗！」

一陣冰涼襲上心頭，阿明全身起滿雞皮疙瘩。

「啊……。」他往下一看，是左腳落進豬圈旁的淺水溝裡了。急忙抽腿，卻不知如何是好。

「阿明！哈……，你踩到豬糞了，哈……。」建雄幸災樂禍，一不小心笑歪了身體。「哇！」他慘叫一聲滑下來。還好雙手抓著樹枝，盪在半空中。

「怎麼辦……怎麼辦……，嗚……。」看著拖鞋和腳踝上滿滿糊了一坨溼黏的豬糞，阿明滿懷恐懼，忍不住哽咽。

建雄輕輕跳下樹，看見阿明那副糗樣，捧腹大笑：「哈……！

哈……！愛哭鬼。」

「發生什麼事？」姑丈聞聲而來。

「哈……。」建雄笑得說不出話，用手指著阿明。

「哎呀！阿明，你踩到豬糞了。沒有關係，不要怕，姑丈帶你去洗。」姑丈拍著阿明的肩膀，一邊回頭罵建雄：「虧你比阿明大半歲，你這表哥是怎麼當的，不帶阿明去洗腳，還在一旁嘲笑他。」

阿明把水龍頭開到最大，怕留下怪味，塗了好多香皂，又用力搓洗，洗了五、六次後才稍微放心，可是回到姑姑家，小腿上竟然長出一點一點的小疹子，又紅又癢，不知是什麼東西。

「是不是變成皮膚病了？」這樣一想，阿明更恐慌了。

整個下午，阿明都和建雄待在屋子裡打電動。建雄邊玩邊吃龍眼，阿明卻一顆也吃不下，他既擔心又生氣，因為中午吃飯時，建雄把事情說給姑姑和月娟聽，惹得他們也笑出來，阿明覺得很沒面子，尤其當他問會不會得皮膚病時，大家笑得更用力了。

不只這樣，建雄打電動打了一半還轉頭來叫他「黃金豬腳」。

阿明納悶沒有回話，建雄卻得意地解說：「人家說大便是黃金，而你的腳踩到大便，就像豬圈裡的豬腳一樣髒，所以叫做『黃金豬腳』。哈……。」

阿明聽了十分氣憤，有一股衝動要把電動玩具搶過來，不過他忍下來，沒有這樣做。

整個晚上，阿明都盯著電視螢幕看，一句話也不說。建雄一直在耳朵旁向他說明豬糞如何沒有毒，說他從小就打赤腳四處亂跑，雞屎滿地，踩到了也不以為意，反正總而言之，屎尿並沒有那麼可怕。愈是這樣，阿明反而愈覺得建雄討厭極了。

夜裡，阿明躺在床上，睜著大眼睛，一點兒睡意也沒有，聽著一旁建雄的打呼聲，他更加心煩。小腿上的紅疹子已經退去大半了，但是心裡頭的陰影卻揮之不去，慌慌悶悶的，渾身不舒服。

電扇趕不走暑熱，尤其是隔著蚊帳，效果大打折扣，阿明淌著一身汗，翻來覆去。

「沒有冷氣，熱死人了。」阿明抱怨。「床又硬。」

「為什麼大家都要取笑我？」鼻頭一酸，兩眼跟著溼潤了。

「我做錯了什麼？」

「我本來以為可以……，我不知道為什麼要來這兒……。」阿明自言自語。

「爸……媽……阿公……我想回家……。嗚……嗚……。」想到台北的家，阿明終於受不了，低聲地哭了出來。

4 焢窯晚會

一覺醒來，心情好了一些，不過阿明仍想找個機會告訴姑姑他想回家。

姑姑蹲在廚房外的大灶前。那口灶是用紅磚砌成的四方形台子，台子中間放置了一個雙人合抱的大炒菜鍋。

「姑姑，你在做什麼？」

「起火，煮番薯給豬吃。」她指著牆邊一堆番薯。「昨天下午和月娟去挖的。」

「這個磚台能煮東西？」

「當然。沒有瓦斯爐以前，家家戶戶都用灶來煮東西。不過很麻煩，又要加粗糠，又要添柴。」她又指著番薯旁的一堆乾木枝和三大布袋的粗糠。

「粗糠是什麼？」阿明抓起一把，在掌心搓揉。

「稻米的外殼。」

「好像很好玩的樣子。」

「先去吃稀飯，待會兒再來看。」姑姑說。「番薯稀飯哦！」

阿明回廚房，正要拿碗時，突然有人拍了一下他的背，他猛一轉身，手臂好像頂到什麼東西，只聽見「哐啷！」一聲，一個瓷碗砸碎在地上，裡面的番薯稀飯灑了一地，而建雄竟也跌坐在一旁。

原來是建雄吃飯吃了一會兒，知道阿明要進來，故意端起碗，藏在桌子邊要嚇他。

「哎喲！建雄啊！你又給我摔破碗了。」姑姑一聽到破碎聲，直覺是建雄又惹禍了，氣呼呼的走進來。建雄早就跳起來了。

「啊！不，不是，姑姑……是我不小心。」阿明低著頭一臉委屈：「是我不小心摔破的。」

「哦，是阿明啊！沒關係，沒關係。」姑姑語氣轉為緩和。「我以為是建雄呢！正準備拿棍子來打人了。從小到大，也不知道讓他給摔了幾個碗了。」

姑姑轉頭對建雄說：「拿掃帚掃一些沙土來倒上去，把稀飯吸住了才好掃。」

「姑姑，對不起！」

「沒關係的，嚇到你了。」說完又回去煮番薯了。

建雄拿了掃帚正要往外走，又回頭來對阿明說：「喂！你很有義氣喔！」

「沒有啦。」

「我昨天笑你，你不生氣嗎？今天還幫我。」

「當然會生氣。可是我更不想看到你媽生氣。」

建雄低頭，顯得不好意思。

「這樣好了，為了報答你，我今天下午教你焢窯。」

「焢窯？」

「嗯！今天有很多番薯，我去跟我媽說是為了要歡迎你來玩，她一定會答應的。平常可不行呢！」建雄又強調：「焢窯很好玩哦！」

聽他這麼一說，阿明滿懷期待，把要回家這事給忘了。

姑姑忙進忙出的，煮好番薯後又和建雄到農場去餵豬，外面太炎熱，姑姑不要阿明跟去，只叫他在家幫忙洗洗番薯和青菜，以便晚飯用。

忙完中餐，姑姑又忙著農場記帳的事。建雄說記帳平日是姑丈的工作，不過他中午去慶記家吃壽酒，必定會醉醺醺的回來，所以姑姑就接過來做了。

接著，姑姑又殺了一隻雞，說是要給阿明焢「土窯雞」，阿明感到十分新奇，巴不得立刻就嚐到鮮美的雞肉。

快到下午五點時，外頭比較涼了，建雄扛了一把鋤頭對阿明說：「來吧！跟我走。」

「待會兒慶記也會來，我早上去叫過他。」建雄又說。

來到屋後的空地上，建雄開始往地上掘。

「選大一點的土塊，像這樣的。」建雄一手揮汗，一手挑起一顆像紅磚大小的土塊。「以前我們都是等水田乾了，收割之後到裡面去焢窯，現在稻子還沒出穗，田裡都是水就不行了。」

「溼的土不能用嗎？」

「當然，溼溼黏黏的土得燒到什麼時候才紅。」

阿明聽從建雄的指示，一一把土塊搬到曬穀場邊上，離姑姑的廚房只要幾步路，需要什麼東西就很方便。

建雄抓起一把沙土，又令它輕輕由手掌中溜下，測出了風向，確定窯口的位置，然後教阿明把土塊一塊一塊堆疊起來，底下是一個大圓圈，愈往上愈小，像是一個空心的大圓錐體。

「你看地基的圓圈愈大愈難堆，因為上面的土塊找不到支撐力了。」

阿明覺得這原理好像教堂的拱門，又像是圓屋頂。

「輕一點！」建雄才一大叫，阿明的手邊已經被他弄垮了一小堆，阿明兩手舉高，不敢亂動。

「輕一點，要慢慢往中間縮。」建雄清出塌掉的部分，重新再疊。

「喂！建雄，還沒好哇？」一個黑黑瘦瘦的小男生，捧著一個小鍋子向這邊走來。

「喂！慶記。」建雄向他揮手招呼，喘了口氣又說：「快好了。」

「建雄，我拿『菜尾』來給你們吃。我媽說大鍋子她明天再拿來還。」

「我爸回來了嗎？」

「哪有？還在和我爸拚酒聊天呢！」

「喝這麼久？好啦！你趕快端去廚房，然後撿些樹枝回來燒。」

「好！」

建雄對阿明說：「別看他矮小，慶記很厲害的，只要是玩的，他都很行。」

阿明點點頭，然後慢慢的提了一個問題：「咦！『菜頭』我知道是白蘿蔔，那『菜尾』是什麼菜？」

「哈！你真是個城市的土包子。菜尾？菜尾也沒聽過？那是很多菜，不是一種菜……，啊！晚上你吃了就知道了啦！」

阿明這回不生氣了，他承認自己真的有很多都不懂。

慶記很快就回來了，雙手合抱著一堆枯的樹枝和竹枝。「這些不夠，我再去拿。」

慶記把木柴全備妥時，建雄也把窯頂上最後一個土塊，小心翼翼的蓋上去了。

「哇！萬歲！好像一個小墳墓哦！」阿明歡呼。

「呸！烏鴉嘴，亂講話。」建雄責怪他。

「應該說像一個空心的大饅頭才對。」慶記說。

「哈……，是……是……。」阿明搔著後腦勺。

建雄和慶記很熟練地在窯內升起火來，火勢愈來愈旺，窯門口的木柴嘶嘶作響，枝條上冒出油泡來，橙紅色的火舌從土塊間隙中飛竄出來，燒得土塊又黑又紅，和夕陽四周飄散的紫雲相輝映。

金光灑落一地，照著建雄和慶記的臉上也泛出油光，加上大火灼烈的熱度，阿明的心也被加溫得沸騰起來了。

建雄到床底下拿出收藏的大奶粉罐，二點四公斤裝的，容納一隻雞綽綽有餘。姑姑早就在雞肚內塞了不知名的東西，故弄玄虛說：「阿明，等會兒猜猜是什麼。」

慶記則領著阿明在番薯外面包上幾層舊報紙，再放入水中浸溼。「窯裡溫度很高，這樣可以防止番薯烤焦。」慶記說明著。

建雄又拿了鐵鎚和鐵釘，在奶粉罐口兩邊各打了一個洞，穿過一條鐵絲，變成像水桶一樣可以單手提起。「等一下看我表演，嘿……。」建雄笑著說。

看土塊紅得通透，慶記一聲令下，建雄把窯門上的樹枝全抽出來。

「快！快！」大夥兒七手八腳把番薯丟進窯門裡。

「看我的。」建雄用樹枝把窯頂的土塊輕輕剝開。

「小心，不要弄塌了。」慶記一旁提醒他。

差不多開了一個鍋蓋口大小，建雄便提起那密封了一隻雞的奶粉罐，踮起腳尖，十分謹慎地，緩緩降入窯內。

「耶！成功！」建雄大叫。

「快！快！」慶記催促著，便拾起一旁的大木條朝土窯猛力揮去。

「砸爛它，用力，用力，快！」建雄對阿明下達指令，一邊揮舞著準備好的球棒。

阿明先是驚慌，怎麼辛辛苦苦砌好的窯要砸爛掉。再來被他們一逼急了，也不管三七二十一，拿起木棒亂搥一通。

「呼……呼……。」「呼……呼……呼……。」

「呼……呼……呼……。」三人停手，氣喘如牛，土窯已被打得稀爛，土塊全碎裂成砂土，套一句阿明的話說，更像「一個土墳」了。

慶記指著冒著白煙的土堆，上氣不接下氣地對阿明說：「這樣……才……能把……東西都……悶住……，熱氣……不……不會……散……出來……。」

「弄好了嗎？弄好了就先進來吃些菜囉！」姑姑從房門裡探頭出來大叫。

「哦！來了。」三人異口同聲回應。

姑姑和月娟在廚房裡炒了三道菜，加上那一鍋熱騰騰的「菜尾」，好豐盛。

阿明用筷子挑揀碗裡的「菜尾」，一樣一樣送進口中，有豬肉，有雞肉，有魚肉，有蘿蔔，有大白菜，還有說不出名的許多配料。

「怎麼什麼都有？」阿明問。

「這是請客的剩菜，全部煮在一起的。」姑姑解釋。

「很好吃耶！」阿明說。

「當然啦！什麼東西都有，當然好吃。」建雄說。

阿明剛才使盡了力氣，這會兒飢腸轆轆，一連吃了三碗。

「這麼好吃的東西，怎麼不留著自己吃呢？」阿明問慶記。

「那麼多，怎麼吃得完？」慶記回答。

「好東西要和好朋友分享。」建雄學電視廣告的話。

姑姑說：「事實上也是這樣，鄉下人有好東西都不會吝嗇的。」

大約過了一個小時，天色已經暗了。

姑姑在屋簷下點了一盞小燈泡，吩咐建雄說：「搬幾張板凳來，就在這兒吃焢番薯吧！」

月娟試著挖出一條番薯，剝去焦黑的報紙，嚐了一口說：「嗯！好了，熟了。可以吃了。」

大家紛紛清出番薯，還有那一罐教人期待的土窯雞。

姑姑叫月娟進去拿碗筷，然後打開奶粉罐。

一股濃濃的肉香撲鼻而來，朝裡頭一看，還滲出半罐雞湯呢！

「哇！好香啊！」阿明第一次聞到這種味道。

「來！大家不要說，阿明吃吃看，這隻雞有沒有什麼特別的味道？」姑姑說。

其實建雄和慶記早就不理別人了，自顧自的吃得好香。

「嗯！有青草味，涼涼的，好像薄荷。」阿明吃了一塊肉，又喝了兩口湯。

「歐！答對了，阿明好聰明。」姑姑有些意外。「想不到你猜得出來是薄荷雞，以前吃過嗎？」

「沒有。」

「啊！好聰明。」姑姑又問：「好不好吃？」

「嗯！好好吃。」

看大家吃得很高興，姑姑似乎也很滿足，她要大家慢慢吃，她要進去趕工了，有兩件洋裝明天要交給客人。

「焢窯真好玩。」阿明說。

「是好玩又好吃吧！」月娟表姊修正他。

「阿明，你們在台北都玩什麼？」慶記邊啃著番薯邊說。

「嗯……，看電影啦！溜冰啦！逛百貨公司啦！還有打電動。」

「哇！真令人羨慕。」慶記說。

「其實大部分時間都用來補習，學珠算，學畫畫，學小提琴，玩的時間很少。」

「你不是也有學鋼琴嗎？」月娟說：「我從小就想學鋼琴，可惜鄉下地方什麼也沒有。」

「鋼琴只會一點點而已，我媽媽教我的。我只彈到拜爾七十二首，我媽說要上初中了，怕功課重，叫我別再學了。」

「阿明家有一台鋼琴喔！」建雄幫阿明炫耀。

「哇！好有錢。」慶記說。

「才不呢！那是我媽的嫁妝，十幾年的老鋼琴了。」

「可以學那麼多東西，真好！」慶記又說。「你知道嗎？我堂姊帶我去國中和她們美術老師學水彩，一個星期一次，一個月才兩佰元。我去了三次，第四次要繳錢了，沒有人要給我錢，我爺爺、奶奶、爸爸、媽媽，沒有人給我錢，我只好欠那位老師一百五十元。」

「兩佰元很便宜呀！台北要一千元呢！」阿明說。

「他們不是沒錢，他們怕我學了畫畫就不讀書了，以後去幫人畫招牌！」慶記忿忿不平地說著。「其實我功課一向不錯的。」

「對呀！慶記每次考試都前三名。」建雄也替他叫屈。

「我才羨慕你們呢！有那麼多時間可以玩。」阿明說：「而且，像焢窯就比看電影、逛街好玩一百倍。」

「哎呀！我羨慕你。」慶記叫著。

「我才羨慕你呢！」阿明叫得更大聲。「哈……。」

「噓！別無聊了，小心太吵挨罵。」月娟說。

果然話才說完，對面就響起一個女人的制止聲。

「喂！建雄啊！你們小聲一點，別吵到我們看連續劇。」是建雄的伯母出來罵人了。

「噓！」阿明和月娟對大家使眼色。

伯母轉回去，阿明看見對面客廳裡還有另外兩、三個人在看電視。

突然靜下來，只聽到身後屋子裡「咔啦……咔啦……」，姑姑踩著縫紉機的聲音。

「阿明，你要小心，不要去惹我伯母，她很兇的。」建雄壓低聲音。

「嗯！她會打小孩喔！最好離她遠一點。」月娟說。

連月娟也這麼說，阿明納悶，這和他印象中的伯母並不大一樣啊！

「喂！你們在這裡幹什麼？」一個大人的聲音突然冒出來，大家都嚇了一跳。

「爸！是你呀！嚇死人了。」月娟說。天色暗，燈泡又不太亮，姑丈走過來沒人發現。

姑丈腳步有些飄移不穩，臉上紅通通，滿身的酒臭味兒。

「爸！你喝醉了。」建雄說。

「沒有。」

「吃一點番薯解酒。」月捐拉他的手要他坐下。

「跟你說我沒醉……」

「不然喝一點湯，很香的雞湯喔！」阿明說。

「好哇！阿明請我喝的……我一定要喝……」說著坐下來喝了一

碗。

「爸！你小聲一點，我們剛剛才被伯母罵了。」月娟小聲地說。

「噢！對……不早了……別吵到別人睡覺。」

「哪有哇！不過才快九點而已。」建雄說。

「咦！你……媽呢？」又是滿嘴的酒味。

「在房間做衣服。」

姑丈伸手去搭阿明的肩，阿明有點兒害怕。

「阿明，你知道姑丈和姑姑怎麼認識的嗎？」姑丈把臉湊過來，連呼出來的氣也有酒精味。

「爸，你好無聊，每次喝酒就愛說這些事。」月娟瞪了一眼。

「是……建雄他奶奶挑的……」

「哦？」

「有一次啊……一個親戚結婚……」姑丈停頓一下，吸口氣。

「嗯！」阿明應和著。

「照相的時候……，大熱天……攝影師是新手，搞了好久……大家都笑不出來了，只有你姑姑……從頭到尾保持微笑……。」

「哎！聽了一千次了。奶奶覺得這個女孩子很有親和力，就去提親。」建雄說。

「哎咦！對。就是這樣。」姑丈接著說。

阿明這時反而覺得姑丈喝醉酒後變得好可愛。

「哎喲！夭壽哦……。」屋內傳來姑姑的驚叫聲。

大家都站了起來，卻只有姑丈一個箭步衝進屋裡。

「什麼事？」姑丈緊張地叫著。

原來是姑姑忙暈了頭，錯把身上的衣服當成客人的洋裝，握著熨斗燙著燙著，燙到肚皮上了……。

5
熄燈惹的禍

姑姑家好奇怪，浴室和廁所不在屋子裡，而在屋後的空地旁，夜裡要上廁所還得出門繞過去，建雄就常偷懶，在曬穀場邊就地解決。聽建雄說鄉下的衛浴設備都是這樣的，而且他們家以前是大家庭，人口眾多，所以浴室和廁所都各有兩間，全排成一排。

阿明常在廁所那兒碰見伯母家的人，他不知道該如何招呼，只好微笑低頭。

這一天下午姑丈有事出去，交代建雄清洗豬圈，建雄找阿明幫忙，阿明想到那股惡臭的味道和「黃金豬腳」的事件，露出了噁心的表情。

「哎呀！別擔心，你只要在外面幫忙拉水管就好。」建雄拍著阿明的肩。

「好吧！」話是這麼說，阿明仍然不放心。

建雄穿了膠鞋跨進豬欄時差一點滑一跤，裡面有四頭肥豬嚇得退到牆角，朝著建雄亂叫。

「抱歉！抱歉！平時都是我拉水管噴水，我爸進來掃的。今天這是第一次呢！」他不好意思地說。

阿明在外面捏著水管頭向內噴，豬糞浸溼了慢慢化開，建雄就用塑膠刷子將它刷進排水口。

一個不小心，水噴到了建雄的頭。

「喂！拜託小心一點，往地上噴，不是噴我。」建雄向阿明抗議。

「啊！對不起，對不起。」

豬糞的味道真是難聞，一開始阿明都摀著鼻子。不過真的就像建雄說的「習慣了就好」，阿明不知不覺就忘了臭味的存在，兩手抓著水管，噴得不亦樂乎。

雖然嗅覺麻痹了，也穿著膠鞋，阿明仍不敢掉以輕心，有了上一次的教訓，這一回他可是萬分地留神地上，輕手輕腳地走動。

「我看動作得快一點了……。」建雄看看外面已夕陽西下了，喃喃自語：「爸爸吩咐要全部掃完。」

他加緊使勁地刷，地上濺起的髒水噴到身上，甚至臉頰也沾了不少。

好不容易洗完最後一間，建雄大叫：「哈！終於完成了。」又高舉雙手成勝利姿勢。「阿明，你過來一下。」

「哦！好。」阿明關了水，走了過去。

建雄縱身一跳，躍過欄杆，往阿明身上撲去。

「哎呀！你幹什……。」話未說完，建雄已一把抱住阿明，左右磨蹭。

阿明痛苦地掙扎，使勁推擋，無奈建雄力氣大，他最終被征服，全身上下也都染上了酸騷味。

「建雄……，你怎麼這麼壞……，你……。」阿明怒火中燒，氣得快爆炸了。

「不要生氣嘛！開開玩笑而已，反正馬上就要洗澡了。」建雄扮了個鬼臉。

聽他這麼一說，阿明氣便消了一半，不過臉上仍是一副氣急敗壞的樣子。

姑姑早就用大火燒了一鍋熱水等他們回去洗。

兩人都等不及洗清身上的臭味。建雄說：「一起洗好了，我幫你擦背，算是補償你，別生氣了嘛！」

阿明仍噘著小嘴，不甘願地說：「為什麼？不是有兩間浴室嗎？一人一間就好了。」

「不行啊！另一間是伯母他們家的，你沒看我們都用左邊這間嗎？」

建雄提了六桶水倒進浴缸，又幫阿明擦背，按摩肩膀，挺有誠意的模樣，阿明忍不住笑出來。建雄覺得被耍了，舀水往阿明身上潑，兩人打起水仗來，嘻嘻哈哈地鬧得屋頂都要被掀翻了。

姑姑在屋裡等久了，跑來催他們。

「好了啦！洗好了。」建雄應聲。兩人一邊擦身體、穿衣服，還一邊打鬧，然後推門而出。

阿明捏一下建雄的屁股，笑著跑掉。

「別跑！」建雄熄燈，追趕過去。

四間浴廁頓時一片漆黑，安靜了片刻之後，突然又冒出「嘩啦」的水聲……。

快要八點才吃飯，建雄和阿明都快餓扁了，上了餐桌便狼吞虎嚥起來。忽然曬穀場上傳來女人的咒罵聲，兩人四目相望，不知發生了什麼事。

姑姑出去探個究竟，卻立刻傳回她的叫聲，看樣子她也加入了戰局。

姑姑氣呼呼的邁步進門，質問建雄：「剛才你們洗澡時，隔壁有沒有人？」

兩人放下碗筷對看一眼。建雄愣了一下說：「好像沒有喔！」

「什麼好像，到底有沒有？」姑姑顯得很焦躁。

「你說！你說！」伯母突然出現在門口，大聲喝道：「建雄！你什麼意思？為什麼故意把燈關掉？」

「什麼？」建雄感到無辜。

「剛剛你們洗澡時，他們阿德也在洗，你們洗完時，他還沒洗好。」姑姑說。

「什麼？可是我不知道啊！」

「別騙人了，明明你故意關燈嚇他，害他在裡面沒辦法穿衣服。你說，阿德哪裡得罪你，你要這樣欺負他。」伯母愈說愈大聲。

「沒有，我關燈以後又沒聽到聲音，我以為沒有人了。」

「阿德洗澡時也會有水聲啊！你會沒聽見才怪！」

「建雄，去向阿德道歉。」姑姑指示。

「我不要！我又沒錯。」建雄把臉甩到一邊。阿明突然驚覺自己是共犯，臉色跟著發青。

「阿嫂，建雄不是故意的啦！」姑姑轉頭，委婉地對伯母說。

「什麼不是故意的！我看是你教他這樣做的，什麼人教出什麼孩子，看你們建雄好像沒人教養的。」伯母轉對姑姑開罵。

「哎！哎！你不要血口噴人，隨便誣賴，每次小孩吵架，你就來跟我吵，你神經病！你太會寵兒子了。」

「你！你有什麼資格教訓我，不教訓自己的兒子，只會欺負別人。」

「你神經病，我不和你吵了。」

「你以為公婆不在了，你就囂張了，沒人敢管你了嗎？自從你嫁來以後，家裡就不得安寧。」伯母吼著。

「呼！那是你沒肚量，愛計較。」

「呼！」兩個女人罵到喘氣了。

「瘋女人！瘋女人！你以後敢再這樣，就給我試試看，哼！我絕對不會讓你有好日子過的！」丟下這句話，一轉身，伯母握著拳，頭也不回地走了。

姑姑一口氣無處發，朝建雄大叫：「以後少去惹他們。」說完，氣沖沖地回房去了。

「阿德是誰？」阿明輕聲問建雄。

「啪！」建雄用力拍了桌子，不發一言，飯也不吃了，站起來走回房間。

飯桌上只剩阿明一人，尷尬無助地呆坐在那兒。

這一夜氣氛很差，所以過了九點，大家都早早上床，只有姑姑還在房裡踩縫紉機，「咔啦！咔啦！」的聲音顯得特別清晰。

阿明躺在建雄旁，兩人都闔不上眼。

「可惡的阿德！陷害我。」建雄先開口說話。

「他到底是誰呀？」

「我堂弟啦，今年要升六年級了。」

「他在隔壁洗澡？我怎麼都沒聽到。」

「我也沒聽見哪！」

「一定是我們玩得太高興，沒注意到了。」

「這個小人，哪天被我逮到，一定讓他好看。」建雄握拳，狠狠地說。

「你忘了，你媽要你少惹他。」

「你不知道，從小到大，我伯母為了寵他，打了我多少次，常常也害我被爸媽打，他最會亂告狀了。」

「咦！我們洗完澡出來……，關燈後，你有聽到什麼聲音嗎？」

「沒有哇！我忙著去追你呢！」

「奇怪，既然他在裡面，為什麼不出聲？」

「誰曉得？」建雄又說：「我伯母很壞心，每次我和阿德他們吵架，她就出來罵人打人，還四處向人說我媽的壞話。」

「你伯父不會管她嗎？」

「他怕老婆。」建雄補充說：「而且，我奶奶在世時又偏心疼他們，因為我堂哥阿治是長孫。」

「嗯？好像沒看過他。」

「到台北去當學徒了。」

建雄坐起身又說：「我跟你說，伯母很討厭我。有一次小時候，我內急要上大號，我們那間廁所裡面有人，我就到隔壁間借用他們的，因為肚子很痛啊，憋不住，一急就沒對準坑口，拉到門裡邊，剛好伯母來上廁所看見了，就跑去拿籐條來打我。我褲子還沒拉好就跑，她在後面一直追，追到大馬路上……。」建雄兩眼瞪著枕頭發呆，好像又回到當時的情境。

「真兇惡。」

「哎！這種事大概只有她做得出來。我媽說在她還沒生下姊姊以前，伯母跟她處得還不錯，有了小孩以後，小孩子吵架，她們也跟著吵架。」

「我家就沒有這種問題。」

「有好幾年了，我媽和伯母除了吵架時，從不說話的，見了面也當做沒看見。」

「這麼嚴重啊！那不是很痛苦嗎？」

「我如果和阿德吵鬧，回家告狀的話，一定先挨一頓打。所以我現在看到他也不想理他了。」

「哎！可憐！」阿明嘆了一口氣。

「誰可憐？」

「大家都可憐。」阿明又問：「你們不打算搬家嗎？搬走就好了。」

「有。我媽說過幾年存夠了錢，要買一棟新房子，到時候就解脫了。」

建雄和阿明沒有再交談了，不過好久好久，兩人好像都沒有睡著。空氣裡仍回盪著「咔啦！咔啦！」的縫紉機聲。

6 百姓公千秋

阿明覺得姑姑家的人很厲害，一覺醒來好像什麼事也沒發生，又是能說能笑的忙著家裡和農場的事情，建雄還是那句老話「習慣了就好」，他說：「反正也不是第一次了。」

早上姑姑好像特別忙，不但買了一大塊的五花肉和虱目魚回來炸，而且還殺了一隻雞，她說今天是農曆六月三十，隔壁村莊的百姓公生日，這些牲禮是下午拜拜時要用的。姑丈說明天鬼門關開了，就不好去廟裡拜拜了，趁今天去拜拜也好，不過他農場還有事，他沒有辦法去。

前兩天焢土窯雞時，姑姑曾殺了一隻雞，不過當時阿明和建雄在砌土窯，沒能看見，這次他可是全程看得一清二楚。

姑姑先是抓住兩隻雞腳，提進廚房，然後將牠按在地上，拉開翅膀用雙腳踩住，只見那隻肥雞動彈不得，哀哀求饒。阿明蹲在一旁觀看，覺得好像古裝片裡犯人行刑。

姑姑左手握住雞嘴，右手提起菜刀，雞再也出不了聲，脖子被姑姑拉長，等待利刃伺候。

姑姑沒有馬上動手，卻喃喃自語：「雞公子真抱歉，為了祭拜神明，不得已要殺了你，希望你再投胎，下輩子能當有錢人的小孩。」

菜刀往雞脖子一劃，雞身抽動了一下，隨即由刀口噴出鮮紅的血來。地上早已擺好一小盆米，正好盛住流下來的血，姑姑說：「血凝固後就是米血糕了。」

原來電影院的門口賣的豬血糕也是像這樣來的，阿明腦海裡馬上浮現出一頭肥豬被五花大綁，然後被尖刀刺進動脈，血流成河……，啊！真殘忍。

血滴完了，姑姑一鬆手，雞身仍掙扎抖動了一陣子，嚇得阿明站起來往後退。

大鋁盆裡倒入了沸騰的開水，姑姑把雞浸入，雞毛變得輕而易拔，水面上浮滿了黃褐色的羽毛，熱氣蒸發出來，空氣中卻佈滿了雞屎怪味。

阿明感到噁心，趕快跑出去。

大約三點的時候，姑姑叫月娟騎腳踏車載建雄，她則騎摩托車載阿明。遠遠的就看見一排的戲棚子，也聽到擴音器放送出的嘈雜的聲音，愈接近愈吵鬧，簡直是如雷貫耳，阿明不禁雙手摀住耳朵。

百姓公廟位於一個四周都是稻田的三叉路口上，三條路上兩側都搭滿了戲棚子，數量之多教人嘆為觀止。

「怎麼這麼多戲棚？」阿明湊近姑姑耳朵大聲問。

「因為有求必應啊！」姑姑也提高音量用吼的：「大家都在今天

來酬謝神明，還願哪！」

百姓公廟更是特別，廟中有廟。裡面的小廟是一個紅磚瓦砌成的小房子，外面則包了一座富麗堂皇，鋼筋水泥建築的二層樓大廟。

「為什麼會這樣？真好玩。」阿明扯開嗓門又問。

又熱又吵，姑姑實在懶得開口，索性指向一處匾額，阿明抬頭一看，原來答案還是「有求必應」。

「因為很靈驗，所以廟就愈蓋愈大，舊廟還沒壞，就把它留下來了。」月娟替姑姑回答，她的聲音尖銳，壓過了布袋戲、歌仔戲、鑼鼓嗩吶和鼎沸的人聲。

供桌向外擺了十幾張，上面放滿了各式祝壽的物品。好多個寶塔狀的東西，看起來好威嚴，內容物也不盡相同，有壽桃做的，有壽麵編結成的，也有汽水、啤酒和罐頭堆疊起來的，外面都交叉地貼著兩張長條紅紙，上頭寫著「恭祝百姓公聖誕千秋」「弟子×××叩謝」。還有立體造形的豬、羊、魚、螃蟹、龍蝦和烏龜，白白的身體上蓋滿了紅色的印子，仔細一看，印子上的圖案是一個個圓形的雙喜字樣，真是喜氣洋洋，阿明猜那些都是用麵粉做成的。只有一種東西是阿明認識的，那就是一個又一個的紅龜粿，他和家人參觀米食展時曾經吃過。

姑姑擺好帶來的牲禮，點了香，分給大家拜。拜好一樓又上二樓，二樓奉祀的是地藏王菩薩。

燒好了香紙，姑姑被門前的歌仔戲吸引住了，拉著月娟鑽到前頭看，她拉著喉嚨對建雄說：「我們在這裡看戲，你帶阿明去逛逛。人很多很擠，萬一找不到人就回停車的地方等，懂嗎？」

建雄點點頭，接過姑姑給的一百元鈔票，拉著阿明的手鑽出去。

「喂！建雄！我們來算算看。」阿明轉頭對建雄喊。

他們繞了一圈，算出布袋戲有五十四棚，歌仔戲有四棚，總共是五十八棚。

「哇！太誇張了。」阿明驚呼。

「走，我帶你去玩！」建雄又拉又叫。

建雄領著阿明到攤販上打香腸、射飛鏢、撥鐵珠、抽布袋戲偶。一百元花完了，結果只贏得兩條香腸、一條口香糖、三顆糖果和一罐紅茶，不過兩人玩得不亦樂乎。

「走！我們到廟後面的塔上去吃。」建雄叫著。

阿明一直沒注意到後頭還有一座寶塔，大概三層樓高，被廟一遮，難怪看不見。

來到廟後，噪音頓時減弱了幾百分貝。兩人總算可以喘一口氣，不必用力說話。

「奇怪！為什麼有好幾個戲棚根本不像戲棚，只是在路邊擺一張桌子，一個人站在後面，撐著兩仙布袋戲偶，翻來翻去的亂弄一番？」阿明邊爬樓梯邊提出質疑。

「啊！這我爸有跟我講過。那是因為還願的人太多，戲班子都被請光了，所以他只好向人借幾個布偶來擺擺樣子。哎！每年都會這樣。」

「啊！竟然還有這種事！」阿明真是大開眼界了。

塔頂上不但安靜多了，視野也好，可以鳥瞰整個廟會。

建雄和阿明一人一條香腸，一邊吃還一人一口地配著紅茶，阿明忽然注意到廟頂上的裝飾七彩豔麗，深深地被吸引住了。

屋頂的脊背中間站著和藹可親的福祿壽三星，兩邊各有一條青龍昂首向天際吐出朵朵紅花。屋簷的角落裡有一群人偶似乎對簿公堂，像電視劇裡包青天問案一樣，台上的人拍著桌子大叫，地上跪著的人磕頭喊冤。另一個角落裡，陶瓷人偶卻大戰起來，有人從馬上落下來了，有人擺出漂亮的姿勢要砍殺他，有趣極了。

阿明看得出神，忘了要喝紅茶。

建雄覺得好笑，撞了他一下說：「喂！人家在看戲，你在看厝頂，哈！」

「哈！」阿明也笑了。「不然，我們來找找看你媽和月娟在哪裡。」

「好哇！」

人實在太多了，看了好久，建雄才指著金爐旁說：「在那裡！在那裡！我看到了。」

「喂！喂！」阿明卻指著另一邊說：「建雄，你看！」

「什麼東西？」

原來是伯母帶著阿德也來拜拜了。兩人正朝金爐走去，準備焚燒金紙。

阿德似乎發現了姑姑和月娟，伸手指給伯母看，伯母看見了，把阿德的手拍回去，轉身去燒金紙。姑姑和月娟始終痴痴的望著戲台上的苦旦，不知道發生了什麼事。

建雄很掃興地說：「不玩了，回去了。」

晚飯時大家都興高采烈地說著廟會的事。

「那個苦旦唱的哭調仔好好聽哦！」月娟說。

「是啊！那個小生也唱得很好，扮相俊俏。」姑姑又說：「阿明，你們去玩什麼？」

「嗯……，射飛鏢、打香腸、撥鐵珠……」阿明回想著。

「結果贏來的東西，三兩下就吃完了。」建雄笑說。

「對了！百姓公是什麼神哪？我好像從來沒聽過。」阿明想起這個早就想問的問題。

「百姓公不是神，是『好兄弟』。」姑丈答。

「什麼是『好兄弟』？」

「就是鬼呀！明天七月初一，『好兄弟』們全放出來了。」姑丈又說：「以前有大水災淹死很多人，村民把這些死人全埋在一起，一起奉祀，不使他們成為孤魂野鬼。」

「這些鬼不害人嗎？」建雄問。

「不會，反而會幫助人。因為埋在一起的人很多，靈力聚集很強，所以有求必應。」姑姑又一次說了這個成語。

「媽！我有看到伯母和阿德喔！他們也有看到你……」建雄低聲地說。

「好啦！吃飯的時候不要提到他們！」姑姑口氣不好，有點不耐煩。

「你們有許願嗎？」阿明故意岔開話題。

「我沒有。」建雄說。

「我求考上高中。」月娟說。

「阿明你呢？」建雄問。

阿明傻笑，搖了搖頭。其實他許了願的，他求百姓公保佑，讓姑姑家和伯母家能和平相處。

姑姑夾了一塊雞肉給阿明說：「好了，別光顧著聊天，吃菜！」

阿明想起上午殺雞的畫面，突然一點胃口也沒了。

7
金寶螺的故事

姑丈說晚上要抓雞，叮嚀大家白天不要玩得太累，養足精神留到夜裡用，聽起來好像很刺激，阿明滿懷期待。

建雄和阿明在房裡打電動，沒多久就覺得無聊了，建雄提議：「我們出去逛逛好了，你來了幾天還沒真正帶你去走一走。」

建雄牽出兩台腳踏車，阿明搖頭說：「你載我好嗎？我不會騎。」看建雄吃驚的表情，阿明解釋道：「我們在台北都坐公車，很方便，不用騎腳踏車。」

「天哪！我們六年級幾乎每個人都會騎。」建雄也搖起頭來。突然他想到了什麼，說：「對了！順便去看看慶記在做什麼。」

「啊！我帶電動玩具去借他玩好了，就當做是『菜尾』的回禮。」阿明興奮地說。

建雄載了阿明往郊外去，馬路越來越窄，人也愈來愈少，一眼望去都是稻田和竹林，翠綠一片。偶爾路旁轉角處或蔭涼的大樹下會有一座小小的土地公廟，比百姓公的小廟還小，十分可愛，阿明每經過一個就會對它點個頭。

「你看！那就是福壽螺。」建雄忽然放開右邊把手，指著路旁說。

「在哪裡？」

建雄煞車跳下來，蹲在水溝邊，從溝裡撈出一個十元硬幣大小的螺來，樣子比蝸牛小一點，螺肉受到驚嚇，蜷縮到殼裡了。

「這就是害人的福壽螺。」建雄說完便把螺丟在地上，拿起一旁的大石頭往下砸，螺身應聲碎裂稀爛。

「哎！你為什麼要殺牠？」阿明想阻止卻來不及。

「你看。」建雄指著水溝壁上黏附著的一坨坨粉紅色的螺卵說：

「那麼會生，把作物都吃掉了。」

建雄甩甩頭，示意阿明往田裡看。「哪！有沒有？」

阿明往水田裡仔細一看，果然水稻的莖葉上也有不少螺卵，旁邊

也有好幾隻黑褐色的福壽螺，有的還比剛剛那隻大呢！

「你那天說，又叫什麼螺？」阿明記得姑姑說過。

「金寶螺。」

「為什麼？」

「你待會兒問慶記好了，他比較清楚，他們家被這些螺害慘了。」

建雄使勁了吃奶的力氣把阿明載到河堤上，指著不遠處的甘蔗園說：「慶記家在那邊，甘蔗園後面。」

原來甘蔗的葉子比水稻大那麼多，阿明心中暗喜，這下子不會再被爸爸和爺爺取笑了。

「走吧！」

建雄又載上阿明越過河堤往下騎，才踩了兩下，腳踏車便飛也似的滑下去，涼風颼颼在耳邊吹響，感覺就像坐在雲霄飛車上一般。

慶記的家和姑姑家很像，也是三合院，不過曬穀場小了一點。慶記正好坐在屋簷下，彎著腰，手拿鐵鎚，不知在敲什麼。

「喂！慶記。」建雄揮手大叫。

「你在做什麼？」阿明問。

「敲鐵釘啊！」

阿明覺得很奇怪，慶記不是在釘東西，而在一塊磚頭上，將彎曲的鐵釘一根一根的敲平。旁邊堆了一堆未敲過的釘子，塑膠袋子裡的則是敲直了的。

「這是做什麼？」阿明仍不懂。

「這是板模上撬出來的釘子，回收再用。」慶記說明：「我爸叫我做的，這樣可以省一些錢。」

「慶記的爸媽在建築工地裡打零工。」建雄補充。

「噢！是這樣子啊！」阿明說：「我們來幫你。」

建雄和阿明到路邊撿了兩顆大石頭，三人合作，很快地就把鐵釘全敲直了。

「我拿電動玩具來借你玩。」阿明說完，從腳踏車的籃子裡取出機子。

「哇！你人真好。」慶記說：「來！我帶你去看我房間。」

慶記的房間也是一個大通鋪，不同的是床前有木製的拉門，好像一個日本和室，更特別的是牆上掛著一幅很大的花鳥畫和好幾幅水彩畫。

「這以前是我奶奶的房間，她去世以後爺爺怕看見裡面的東西會難過，就讓給我睡。」慶記說。

慶記指著那幅花鳥畫說：「這是我奶奶的嫁妝喔！她自己繡的。」

「繡的？」阿明愣了一下。「好像用畫的，真是漂亮。」還伸手去摸了一下。

「這些是我畫的。」慶記指著其他的畫說。

畫裡有洋娃娃，有的是花瓶，有的是風景，還有一張是一座廟。

「咦！百姓公廟。」阿明認出來了。「我們昨天才去拜拜的。」

「不錯喔，你能認出來。」建雄說。

「那還不簡單，廟中有廟哇！」

「這一幅是我去學畫畫時，第二個禮拜的作品。本來我畫一畫，實在畫不下去了，廟太複雜了，不會畫，正準備要把它扔掉時，老師跑來阻止我。」慶記嘆了一口氣，又說：「他說畫不好可以改，不要丟掉。然後幫我改成這樣。」

「老師改的，難怪這麼漂亮。」建雄說。

「誰說的，你看這幅洋娃娃。」

「很漂亮啊！」阿明稱讚道。

「這是第一次上課畫的，老師沒改耶！」慶記說：「而且他還叫其他學生過來看，說：『這個小朋友年紀小小的就畫得和你們一樣好了，唉！你們不要輸給他了。』」他學大人的口氣有模有樣的。

他又說：「你們知道我那時候幾年級嗎？」

兩人搖頭。

「我才二年級耶！」他說：「其他人都是國中生哦！」

「哇！慶記，你好有天分喔！」阿明說。

「那有什麼用，沒有人要讓我學啊！連我奶奶也不支持，你知道嗎？我會喜歡畫畫大半是我奶奶的關係，我小的時候她就教我畫蝴蝶，畫花，畫兔子。」

慶記和建雄躺上通鋪開始玩電動，阿明沒得玩，盯著那幅花鳥刺繡發呆。

突然，他想到福壽螺的問題了。

「慶記，你們家的水田也被福壽螺吃了嗎？」

「沒有哇！我家沒有水田。」慶記邊打電動邊回答。

「不然，建雄說問你最清楚？」

「哦！我家以前養福壽螺。」慶記聲音變小。

「啊！什麼？那不是害蟲嗎？」阿明吃了一驚。

慶記停下來，把電動玩具放在床上，轉身面向阿明。

「告訴你沒關係。」慶記表情變得好嚴肅。「反正大家都知道的。」

他繼續說：「這附近田裡的福壽螺，有一半都是我家的。」

「為什麼？」阿明問。

「那時候村裡有兩戶人家養。」慶記答。

「什麼意思？」阿明仍不懂。

「本來我們家和建雄家一樣養豬的，前兩年豬價不好，聽說非洲進口的福壽螺很好吃，養來賣給總鋪師辦桌會賺大錢，所以我爸就把豬舍改建成水池，養福壽螺。」

「也有人找我爸養耶！」建雄插嘴，眼睛還盯著螢幕看。

「你們家為什麼沒養？」阿明問。

「喂！那很貴耶！一隻母螺聽說要五百元。」建雄說。

「不只，有的地方飆到一千元。」慶記說。

「哇！嚇死人。」

聽他們這麼說，阿明似乎更不懂了。

「那麼貴，怎麼會把牠丟到田裡去？」阿明又問。

「後來人家說螺肉不好吃，外燴辦桌的人就都不來買了。」慶記說：「花了那麼多錢改建和買母螺，結果全部泡湯，我爸根本就不敢再去多看一眼。」

「結果……結果……福壽螺就爬到外面來吃東西了。」建雄說得好像很內行的樣子。

「哎！牠們很會生，很會吃，又沒有天敵，所以一下子就到處都是了。」建雄又說。「現在好一點了，有農藥可以殺死牠們。」

「為什麼又叫金寶螺？」

「一隻一千元，不就像金子一樣寶貝嗎？所以鄉下人都說金寶螺。」建雄又答。

阿明覺得很奇怪，建雄明明都知道，可是之前問他，他又什麼都不說。

慶記呆呆聽他們說了一會兒，終於開口說話：「一開始，我爸帶我去溪裡撈布袋蓮給牠們吃，他很高興地說成本真低，後來又不放心，買了很多青菜來餵，那就貴了。」

他又說：「第一隻螺生蛋的時候，我爸高興得要死，四處找人來看。」

「我也有來。」建雄說。「不過我覺得很噁心。」

「哎！」阿明嘆了一口氣。

建雄突然想起晚上要做的事，說：「對了！慶記，今天晚上八點要抓雞，你也一起來吧！」

「好哇！真好。又有外快賺了。」慶記雖然這麼說卻一點也沒有高興的樣子。

回家的路上，建雄又對阿明說了一些慶記的事。

「後來慶記的爸爸把原來的豬舍賣了，還不夠賠的錢，現在都去工地打零工，有時候慶記也要去幫忙搬磚頭。」

「以前慶記家很有錢的。」建雄說。「現在為了四個弟妹的生活費，慶記擔心初中畢業後就不能升學了。」

阿明聽了連連嘆氣，卻不知該說些什麼。

「還有啊！福壽螺剛危害的時候，好多同學都議論紛紛，因為家裡的作物都被吃了。那時候慶記都躲到一邊去，我也不敢講話，好尷尬啊！」

「後來，大家發現是從慶記家的豬舍跑出來的，下課都不和他說話了。」建雄又說。

「可憐的慶記！」好久好久，阿明才幽幽地吐出這句話。

8 夜襲雞舍

晚飯後，阿明跟著姑姑全家，穿上膠鞋，戴上粗棉布手套，全副武裝，往農場邁進。

夏夜濃得像一盤仙草冰，天上晶瑩閃爍的銀河就像是一旁淋了煉乳的碎冰花，空氣清涼如水，阿明深深吸了幾口，感到心曠神怡。

姑姑在前頭領路，帶著隊伍穿越水田，四野無人，只有腳下的蛙鳴和遠處的狗叫聲交互迴響。大家安靜地快步行進，彷彿一支訓練有素的探險隊。

姑丈在飯後已早一步先去開門，阿明他們到達時，門後的小屋內已坐滿了人，慶記和他的爸爸媽媽也在裡面。門前的小路上停著一輛大卡車，車上載滿了鐵柵欄製成的籠子，地上則擺放著一台很大的秤。建雄告訴阿明，小屋內的其他人是來買雞的商人，卡車和秤就是他們的。

農場內的氣氛非常詭異，不但豬隻都安然入睡，守門的瑪莉也默默地趴在籠裡，看著這麼多人也毫不吭聲，連平日活蹦亂跳的包娜娜也乖乖地縮在樹枝上，兩眼呆呆地望著他們。

雞舍外面點了一盞昏暗的小燈泡，愈接近雞舍，大家的腳步就愈慢愈輕，沒有人交談，四周安靜地連一根針掉在地上都聽得見似的。原本輕鬆快活的阿明，這下子提心吊膽的緊跟在後頭。

「啊！」一道青色鬼影從草叢中冒出，嚇得阿明叫出口來。

「噓！」建雄把食指立在嘴唇上，低聲地說：「是螢火蟲啦！膽小鬼。」又說：「小聲點，別把雞吵醒了。」

慶記也回頭，輕聲地說：「喂！不要嚇人好不好，今天鬼門關開了耶！」

阿明驚覺今天是農曆七月初一，突然心頭一緊，全身起滿雞皮疙

瘩。零亂閃動的人影投射在塑膠帆布上，扭曲變形的身軀就像電影上的殭屍向人撲來，他趕緊跟上他們，躲在人群中。

「為什麼要選在晚上？好恐怖。」阿明拉著月娟的衣服，在她耳邊細語。

「因為雞有夜盲症啊！晚上比較好抓。」月娟答。

姑丈緩緩拉開塑膠布，張開鐵絲製成的柵欄，輕手輕腳地圍住了一部分的雞。

「嚕……嚕……嚕……。」雞隻們安詳的沉睡著，發出了打呼聲，毫無意識到危險已經降臨了。

「來！」姑丈一聲令下，全部的人都蹲下來消失在雞群的黑影中，只剩阿明愣愣地矗立一旁。

「嗶！呱！呱！」

「咕！咕！呱！」

「呱！呱！咯！呱！」

雞隻的哀啼聲此起彼落，一坨坨影子像砲彈般四處飛射，阿明還沒來得及搞清狀況，已經被打倒在地上，幾十隻雞死命地橫衝直撞，踩在他身上，又和他糾纏成一團。阿明覺得渾身灼熱疼痛，好像被丟進油鍋裡炸一樣。

「哎！哎！救命啊！」阿明手遮著臉狂叫。

「蹲著！蹲著！」不知是誰在叫。

阿明趕忙聽從指示，蹲下身來穩定重心。

定了定神，他終於警覺到自己身處戰場之中。雞群們一會兒縮擠在一起，一會兒又潰散奔逃，搞不清是運用雞海戰術，還是採取游擊策略。有些雞像離了弦的箭，直接向人飛來，不小心偏了方向的，就竄到頂篷，砰砰作響，有些則亮出利爪和尖嘴，像配上了短劍和刺刀，不惜性命，勇敢肉搏。

雞屎的怪味頻頻使阿明噁心想吐，晚飯尚未消化，胃內的酸水湧上喉頭，酸澀苦鹹的味道燒辣著舌根。

地上的粗糠、雞屎和雞毛被一陣陣翻攪到頭頂上，成了致命的化學毒氣，從鼻孔吸入肺部，開始向五臟六腑腐蝕。阿明感覺全身的血液都倒灌至頭部，衝到五官裡面，耳內亂鳴，眼角發癢，鼻腔緊塞，不斷地滲出鼻涕和眼淚來，嘴唇也脹得發麻，只好微微張開，苟延殘喘。

阿明覺得赤手空拳，本來就沒有勝算的把握，現在更只能坐著等死了。

「快動手啊！別發呆了。」是月娟催促著。

他學著她，側了身體向一旁撈去，才一碰觸到溫熱的雞腿，便用力提起來。

「呱！呱！呱！呱！呱……」這隻雞像鬼怪一樣的亂啼亂叫，拉著阿明的手上下左右到處亂晃，又使勁地拍打著翅膀，捲起脖子向上方猛啄，另一隻爪子則又踢又抓，千方百計地要掙脫逃生。

「噗！」臉頰一股冰涼。

「噗！」接著是脖子。

「是雞屎嗎？」心中的問號一閃，阿明幾乎要暈了。

「哇！」不容他休息，雞爪一把劃過他的手臂，疼痛又把他驚醒。

「不是這樣的，要兩隻腳一起抓，像這樣……」慶記好像已經出去一趟又回來了，示範給阿明看。

舍。

阿明咬著牙，用左手抓到了那隻飛舞的雞腳，頭也不回地衝出雞

「汪！汪！汪！」

「吱！吱！」

瑪莉和包娜娜也受到騷動的影響，又吵又鬧，豬隻無法安眠，也加入了暴動的行列，聲聲啼叫著。

阿明快步朝門口的燈火跑去，緊張得完全聽不見四周的喧鬧聲，只感覺心「砰！砰！砰！砰！」地亂跳。

慶記的爸爸和媽媽各押著六隻雞等在籠子邊，建雄則剛把手上的四隻雞塞進籠內，回頭瞧見阿明狼狽的樣子，忍不住又笑出來，不過這回他不好意思再說什麼了。

阿明低頭檢查手臂，還好只是擦傷破皮，並沒有流血，但看看自

己只抓到一隻雞，感到十分羞愧，真想挖個地洞鑽進去算了。

快結束時，阿明已經能和建雄一樣一手提出兩隻雞來，擺脫了心中自卑的陰影。然而，緊張恐懼加上手腳痠痛，使他身心疲累，看著空盪盪的雞舍，和滿車求饒喊冤的可憐蟲，他反而十分迷惘，不知自己到底做了什麼好事。

送走卡車，熄燈，關門，姑丈的口袋裡塞滿了鼓鼓的一疊鈔票，他笑得合不攏嘴，請大家到街上去吃宵夜。姑姑則先回家，把自己釀的紅葡萄汁帶過去。

大家在農場裡都已經簡單梳洗過了，可是海產店裡的客人仍皺著鼻頭，好奇地打量他們。姑丈於是選擇馬路邊最偏遠的一個圓桌子坐下，只有老闆知道怎麼回事，熱情地招呼著他們。

姑丈點了滿滿一桌子的菜，有魚，有蝦，有螃蟹，還有一大盆海鮮火鍋，火鍋裡有阿明最愛吃的蝦餃、花枝餃和蟹肉棒，不過阿明累得沒有胃口，只想喝東西。

「來！」姑丈發給每個人一個紅包，說：「來幫忙的人都有，謝謝大家。」

「謝謝……」阿明很不好意思地伸手接過來，心想他今晚抓的數量還不到慶記的一半呢！

「阿明，好不好玩？抓雞。」慶記的媽媽問。

「哎！好累……」阿明深呼吸，嘆了一口氣。

「哈……，哈……。」大家聽了都笑了起來。

「知道嗎？靠勞力工作是十分辛苦的，所以才要你們好好讀書。」慶記的爸爸說著看了一下慶記。

姑姑抱著兩瓶紅葡萄汁來了，給小朋友們也倒了半杯。

「來！辛苦大家了。」姑丈舉杯敬大家。

阿明喝了一小口，酸酸甜甜的，味道不錯。

「第一次抓雞一定不習慣，不過阿明今天表現得很好喔！」姑姑很體貼地說。

「這些雞會被載去那裡呢？」阿明問。

「嗯，先送去電宰場，宰殺以後就拔毛、清洗、切塊、包裝，送到都市裡的超市。有些則賣給菜市場的小販去殺。」姑丈說明。

想到昨天姑姑殺雞的畫面，杯子裡的紅葡萄汁像極了雞脖子流出的鮮血，阿明感覺不太舒服。

「也有一些賣給速食店，變成你們愛吃的炸雞。」姑姑補充。

原來香脆可口的炸雞塊是這樣來的，再想到那些飽受驚嚇，整夜哀號的雞群，阿明不曉得以後再吃炸雞會是什麼滋味。

這一天是七月初一，鬼門關開城門的日子，眾鬼族們有一個月的時間到陽間玩樂，暫時免除地獄中各種刑罰的痛苦。可是阿明卻認為自己在這一天把一群雞推進地獄，罪惡感油然而生。

這一晚的刺激太大也太多了，阿明一夜都喃喃囈語，做著噩夢。黑暗中，滿天星斗像炮彈墜下，一一打在他身上，狂風暴雨帶來了溼黏的羽毛，裹著他的身體，千百隻利爪朝他抓來，他一邊揮掌防衛，一邊握拳攻擊……。

9
墓園之旅

這幾天農場裡的事不多，姑丈和姑姑除了餵豬就是清掃雞舍。姑姑說不要小看了沉澱在地上的那些雞屎，裡面混合了粗糠和雞毛，是田裡作物最佳的肥料，賣給了農民又是一筆不小的收入。

阿明抓完雞之後，全身痠痛，建雄的手臂也有一點點拉傷，姑姑知道他們辛苦，沒要他們再去幫忙，讓他們在家休息幾天，不過她一再告誡建雄，只能待在附近玩，不能亂跑亂撒野，在鬼月裡尤其不能去池塘邊、圳溝邊，免得被水鬼捉走，不但自己不能去，更不能帶阿明去。她也交代月娟，下午三點多就得收衣服了，如果忘了收，太陽一下山好兄弟藏在裡面，穿了人會生病的。姑姑說這些禁忌雖然聽起來有點迷信，但是既然在民間流傳了那麼久，寧可信其有。

建雄對阿明說：「我來教你騎腳踏車，就在曬穀場上，我媽沒話說了。」

阿明想到前幾天從河堤上滑下去的快感便欣然同意。

建雄牽出車子，先示範騎了一圈，然後指揮阿明雙手抓住把手，一腳踩著踏板，他則繞到車後去扶著。

「好，蹬上去踩。」建雄一聲令下。

阿明輕輕坐上椅墊，小心謹慎地輕踩兩下，速度太慢，搖搖晃晃地失去重心，建雄在後面也扶不穩了。

「哎……，哎……。」阿明跌了個四腳朝天，膝蓋擦破了一點皮。

「怎麼會這樣呢？很簡單的才對，再來一次。」建雄說著把人和車都扶正了。

「喂！美鈴要生了！美鈴要生了！」姑姑突然出現在田埂上大喊。

「真的？」建雄興奮地大叫。「阿明，快！我們去看。」

建雄載著阿明快速趕到農場。

美鈴已經生出三隻小豬了，豬寶寶的臍帶上繫著一條紅色的塑膠繩，被排在母豬的乳房邊，閉著雙眼，翹著鼻子，比卡通的豬小弟還要可愛。

蹲在姑丈身邊的人好像是獸醫，他正把戴著塑膠手套的手伸入美鈴的肚子中，那種手套阿明看過，電視上有動手術的畫面時，常看得到醫生戴著。

「那個人是獸醫。」阿明說。

「嗯？你怎麼知道？」建雄有些訝異。「劉伯伯是獸醫。」

就像變魔術一樣，魔術師的白手套一伸出來，捧出一隻白白胖胖的豬寶寶，姑丈在旁邊幫忙，先在臍帶上繫緊紅繩，然後拿剪刀一剪，小肥豬就和母親分離了，每一隻小豬落地，姑丈就笑瞇瞇地望了牠一會兒。

「母豬生小豬是家裡的大事喔！」建雄蹲在一旁對阿明解說。

「不但是又賺了錢，而且是一個好預兆。」

「難怪你爸爸那麼高興。」

「那還用說嗎？」建雄又說：「所以除非是半夜三更，否則我爸一定會叫我們來看的。」

月娟也來了。

「哇！又是一群餓鬼來投胎。」月娟說。

「姊，你真是的，講得那麼難聽。」建雄嘀咕。

「不是嗎？豬那麼會吃，就像餓死鬼一樣。」

又一隻小豬被抱出來了，不過這回姑丈的笑容不見了，因為這最後一隻被胎盤壓死在肚子裡了。

「這一隻呢！是在閻王那裡，走錯了生死門，投錯了胎，出來一發現不對，就趕快轉頭回去了。」月娟又解釋，好像在說中國民間故事一樣。

「一、二、三……七、……十、十一、十二。哇！好厲害哦！美鈴萬歲。」阿明頭一次看到這麼壯觀的場面，一胎十二個，換句話說，十二胞胎。

「喂！跟你說，慶記他奶奶也是生了十二個喔！不過生了十幾年，不像美鈴一下子就生好了，而且美鈴很勇敢，一點也不叫痛。」建雄輕聲在阿明耳邊說。

的確，從頭至尾，美鈴都只是直挺挺地側躺著，偶爾喘口氣，卻完全不吭聲。

下午下了一場西北雨，雨勢很大，還伴隨著打雷閃電，不過一下子就停了。

炎熱的天氣頓時涼爽了許多，建雄又找阿明去騎腳踏車，阿明早上摔了一下心有餘悸，不肯再學。

建雄威脅他說：「不行，你不學的話，我就不和你玩了，每次都要我載你，你又高又重，想把我累死嗎？如果你學會了，我們可以一起騎車出去玩，就可以去很遠了。」

阿明聽從建雄的要求回到曬穀場上，地上的雨水尚未乾，他怕跌倒了會弄髒身體，面露難色。

「別怕，用力踩，保證簡單。」

阿明狠下心，用力一踩，車子果然平穩地前進了，他一驚喜，連建雄已經鬆手了都渾然不知。

「煞車！煞車！」建雄在後面大叫。

來不及了，阿明已撞上了伯母家旁的一棵大樹，不過他這一次伸出腳去撐著，好險，沒有跌倒。

「天哪！你真是不想活了，竟敢去撞伯母的仙桃樹，還好沒被你撞歪，否則一場大戰又要展開了。」

阿明不懂什麼仙桃樹，可是他有些生氣，建雄竟然看樹看得比人還重要。

建雄聽到伯母家裡有人聲，趕快拉阿明回到自己家這邊，說：「你會騎了，就像剛剛那樣就對了，不過要記得握手煞車。」

又說：「走，離開這裡，我們去找慶記玩。」說完進屋內從冰箱裡取出一瓶冬瓜茶，說：「路上可以喝。」

「喂！我還不熟耶！」阿明說。

「沒關係，我會騎很慢等你。」他把冬瓜茶丟進車籃裡，騎上另一台。

阿明覺得建雄也真是奇怪，又沒做錯什麼事，幹什麼這樣心虛。不過一上路，他也沒心思想這些了，他得小心翼翼的注意路況。

慶記提議到東村的墓園去探險，他說七月去一定很刺激。

「可是你媽一再說不要亂跑，何況是去墓園。」阿明提醒建雄。

「哎喲！不會怎麼樣啦！回去不要說就好了。」建雄說。

由於阿明騎得很慢，慶記便自告奮勇要載他。

太陽又出來了，三個人頂著大太陽，臉頰上都熱得紅通通的。中途休息時，建雄取出冬瓜茶給大家喝，由於天氣熱，冬瓜茶一點也不冰，阿明只喝了一口，而慶記載了人最費力，所以一直猛灌。

附近的農作物不只有水稻和甘蔗了，有的田裡種滿紅辣辣的花，有的則是黃橙橙的一片花海。

「漂亮吧！呼……，這裡是花卉專業區，專門生產花卉種子外銷日本。」慶記用力踩著腳踏車還邊解說。「紅色的是『炮竹紅』，橘紅色的是『孔雀菊』，呼……，呼……，可惜沒有照相機，不能照張相拿回台北。」

「咦！那是什麼？」阿明指著田裡一畦畦長滿綠色細葉的植物發問，那種樣子好像小人國裡的竹林。

「這是蘆筍，想不到是長這個樣子吧！」慶記說。「我們常來幫忙挖蘆筍，白蘆筍要天未亮就來挖，不然見光就綠了，彎著腰很辛苦的。」

「白的和綠的有什麼差別？」阿明印象中都吃過，不過想不出有什麼不同。

「綠的纖維粗，沒有白的好吃。呼……。」

「喂！金馬獎到了！」建雄在前面叫。

阿明不確定有沒有聽錯，「金馬獎」是每年頒給電影的那種獎吧！什麼「金馬獎最佳女主角×××」的。

「有沒有搞錯啊？」阿明拍了一下慶記的背。

「你自己看吧！」慶記指著路口的一處雕像。

果然是一匹前腳躍起的金馬，再近一些可以看見雕像下刻著：

「全國社區環境比賽金馬獎」幾個大字。

「這個社區得過全國環境比賽第一名，所以立雕像紀念。」建雄停在雕像旁。

「怎麼這麼巧，跟電影的金馬獎同名。」阿明說。

他仔細觀察這個社區，發現馬路兩旁種了很多小樹，而且都是用水泥製的排水管圈住的，樹葉有黃有綠也有白。

「這是白榕，旁邊的排水管拿來當作花盆，廢物利用，有意思吧！」慶記說。

路旁的屋子大多有圍牆，牆的頂端有用油漆塗成的「藍白紅」三色橫條做為裝飾，沒有圍牆的也在屋子等高的地方照塗不誤，從路口一直延伸到底，像一條節慶用的彩帶。

「你看，青天白日滿地紅。」慶記說。

「自由、平等、博愛。」建雄說。

「哦！好土哇！」阿明說。

騎到村子尾，終於在濃蔭的芒果樹叢中看見一個個長方形的墓碑了。再接近一些時，阿明不禁張口驚嘆，墓園前的一方小池塘裡開滿了一朵朵盛大的荷花，荷葉的香氣撲鼻而來。

「哇！比台北植物園裡的荷花還大還美。」阿明讚嘆。

「當然囉！這裡的土特別肥呀！」慶記指著四周的墳墓說。

三人停了車，往池邊走去，姑姑叮嚀的話這時真成了耳邊風了。

荷花開得像碗公一樣大，但是白裡透紅，薄如輕紗，香味吸引來許多蟲蝶飛舞，美中不足的是花葉的枝梗上也黏附了不少粉紅色像一串小葡萄的螺卵。慶記在身旁，阿明也就假裝沒看見了。

「喂！那邊的地上有一個洞，我們去看看。」建雄發現的。

沿著池邊走，來到洞旁，踩過了幾個土墳，阿明心裡感到不安。

「是盜墓嗎？」阿明問。

「應該不是。應該是撿骨以後剩的。」慶記指著洞中殘留的棺木，又回頭指著池邊一塊腐朽的木板。「你看，一半在那裡。」

「什麼是撿骨？」阿明又問。「好可怕！」

「屍體腐爛後就得把骨頭撿起來，放進骨罈子裡另外埋。」建雄說。「前幾年我爺爺的墓也撿骨。」

「這裡沒什麼好玩的，我帶你們去一個更特別的地方。」慶記說。

沿著原路回去，阿明忍不住又駐足往池裡看，剛才的大雨在荷葉上留下串串水滴，花瓣上也沾了幾顆，顯得嬌嫩欲滴。他心中突發意念要採一朵回去，才一彎腰伸手就跌進池裡了，他直覺是水鬼來抓替死鬼。

「哇！救命！救命！我不會游泳……」阿明在池裡掙扎大叫。

慶記慢條斯理的回頭來拉他，笑著說：「少爺，這兒水深只到膝蓋，不要自己嚇自己。」

阿明起來時發現一雙拖鞋陷入泥沼中，兩腳沾上爛泥巴，想到這泥巴是腐爛惡臭的屍體泡成的，全身又起了雞皮疙瘩，他不知道為何這樣倒楣，這種事已不是第一次了。

「阿明，別想那麼多，洗一洗就好了。」建雄猜到他的心思。

「可是拖鞋不見了，回去會被你媽發現……」阿明說。「我們不聽她的話跑到池塘去玩。」

「沒關係，你穿我的拖鞋，反正我打赤腳習慣了，她不會注意到的。」建雄說。

慶記拉著建雄的手，伸出另一隻去採了一株荷花給阿明，又帶他去水田邊的溝裡洗腳，換上建雄的拖鞋。

三人再度騎上車，繞了幾個彎來到一個大墓園，很奇特的大墓園。

沒有池塘，沒有其他墓碑，四周盡是比人高的野草。慶記領著他們穿過草叢，爬上一個小坡，站在高處向四面眺望。

「在哪裡？」阿明問。

「你說墓園，在哪裡？」又問。

慶記看著阿明的樣子，笑著指向腳下說：「這裡。」

原來他們就踩在墳墓頂頭。半徑一百公尺內，盡是野草叢，估計這個墓有一個國小的操場那麼大。

「天哪！誰的墓這麼大？」阿明又驚又喜。

「王得祿將軍。」慶記說。

「那是誰？」

「清朝人，我也不知道。反正是一位清朝的將軍。」慶記說。

「我媽告訴我的。」

「慶記第一次帶我來時，我也像你這麼驚訝。」建雄好久才說了一句話。

「走，我帶你去看我的傑作。」慶記又說。

這兒會有慶記的作品？阿明更加好奇了。

「我媽說這是古蹟喔！」他們繞下來，到了墓碑前，這一座墓碑顯然比剛剛看到的任何一個都大得多，而且刻有龍紋和許多字。

「我看過電視上介紹拓碑，我就揣摩著試試看。」慶記指著碑上方一塊巴掌大的黑印記說：「我就拿墨汁先塗這一小塊，然後蓋上宣紙，用毛巾去壓，結果碑沒拓成，反而把這裡弄髒了。」

「哦！破壞古蹟！」建雄比著食指，數落慶記。

「管他的，反正沒人管，這麼荒涼。」

慶記撥開草叢，又帶他們往前走，來到一個石人面前，阿明又是一陣驚喜。

「這一尊石像是武官，對面還有一尊文官。」

仔細一看，這石像刻得栩栩如生，身高和建雄差不多，雙手交握在胸前，笑容可掬，好像超市裡的服務人員向客人鞠躬說：「歡迎光臨」，沒有一點武官的霸氣。

到對面一看，反而文官表情嚴肅，立得筆直，又沒有文職人員該有的斯文氣質，一副大官的傲氣。阿明看著，感到有趣極了。

「不只這些，前面還有。」建雄說。

前面陸續還有一對對的石馬、石羊和石虎，都刻得十分樸拙可愛，尤其是石虎，露出嘴巴外的牙齒是平的，不是尖的，像是一排齙牙，阿明忍不住笑了起來。

「這些石像是做什麼的？」他問。

「保護墓園的吧！我想。」慶記說。

地上留有一灘灘的雨水，雖然穿著拖鞋，阿明的腳仍浸溼了，不過他似乎慢慢適應這種感覺，沒再抱怨什麼。

「到墳上去坐吧！這兒太溼了。」反倒是慶記替他想到了。「我講這裡的故事給你聽。」

建雄和慶記一屁股坐上墓碑頂，四隻腳伸直在土墳上，樣子頗舒服的，阿明不敢坐，就蹲在墳上，面對他們。

「我媽告訴我的，她來幫人挖蘆筍的時候，村子裡的人告訴她……」

「快說故事，少囉嗦了。」建雄不耐煩了。

「好……好……」慶記一笑，繼續說：「你們有沒有注意到，那些石像好像都有殘缺，不是斷尾巴，就是掉耳朵的。」

「有嗎？」建雄回頭去看，太遠了。

「嗯，好像有喔！」阿明點頭。

「怎麼樣？然後呢？」建雄等不及了。

「然後……」慶記又開腔：「很久很久以前，村子裡一連好幾天發生了怪事，一些雞呀！鴨啊！無緣無故地失蹤了……」慶記吞了一口口水。

阿明和建雄痴痴地聽著，嘴巴張開了也不知道。

「有一天，一個牧童來附近放牛，突然聽見草叢中有人講話的聲音，不只一個人，有好幾個人在討論事情，牧童很好奇，湊近去聽……」慶記看到兩人的表情很想笑。

「然後呢？然後呢？」阿明也急了。

「然後……，他聽到有人說雞鴨快吃完了，接下來只好吃小孩了。這牧童一聽嚇死了，趕快連滾帶爬的回去告訴村民，大家一聽，拿著鋤頭菜刀找過來，原來就是這些石像變成妖怪來害人。」

「然後呢？」這回兩人異口同聲地問。

「他們就把耳朵、尾巴、腳趾砍掉一點，石像從此不能出來害人了。」

「喂！這真的還假的？」建雄問。

「我才不相信世界上有鬼怪呢！你看我們在墓園裡半天了，一個鬼影子也沒看見。」慶記說。

「是嗎？我剛剛在草叢裡好像也聽到有人……」建雄這麼說是想嚇慶記的，想不到才講一半自己先起了一陣雞皮疙瘩。

天色暗了，西方的夕陽被雲朵遮了半邊臉，遠處有飛鳥歸巢，大地一片死寂。

「我媽說天黑前要回到家。」建雄一說，一溜煙往下坡奔去。

慶記見狀也拔腿就跑，留下阿明在後面追趕。

「喂！等我一下……」阿明叫。

建雄邊跑邊回頭喊道：「你自己騎一台車，我載慶記，這樣才會一樣快……」

10
粗糠的善意

一回到家，阿明就把原本裝冬瓜茶的瓶子盛滿水，將荷花插起欣賞著，粉紅色的花朵又大又香，好像一位穿著蓬蓬裙下凡的仙女一樣，真是美麗極了。臨睡前，阿明把花瓶擺在床頭邊，希望隔天一張開眼就有嬌媚的花神向他道早安。

第二天一起床，映入眼簾的並非那株風姿綽約的紅荷，而是木板床上一片片枯萎捲縮的紫黑色花瓣，瓶子上只剩下一顆墨綠色的蓮蓬頭，花朵在半夜裡凋謝了。

阿明哭喪著一張臉，捧著花瓣走出房門，被月娟撞見了。

「咦！謝了嗎？」月娟也驚訝。

阿明點頭，默默不語。

「真的就像周敦頤說的『可遠觀而不可褻玩焉』。」月娟若有所悟地說。

「焉什麼焉哪？周敦頤是誰呀？」建雄突然冒出來。

「周敦頤是宋朝人，他很喜歡荷花，寫了一篇文章說荷花只能遠遠觀賞，不可以靠近去玩弄它。〈愛蓮說〉，那篇文章叫〈愛蓮說〉，你們升上初中就會讀到的。」

「阿明，你辣手摧花！」建雄又鬧他了。

「其實那篇文章是用荷花比喻君子的節操，和你說的那個『花』完全不同。」月娟指正建雄，又說：「好了，別理它了，待會兒去農場看看吧！小雞送來了。」

「真的！」建雄大叫。

阿明不知道建雄為何那麼興奮，他仍在納悶，為什麼媽媽插的花可以維持好幾天，他的荷花就不行，真是像月娟說的那樣嗎？

吃過早飯，三人來到農場。

雞舍裡空無一物，地上已被掃得一乾二淨，露出了水泥地，倒是雞舍外的空地上堆置著一袋又一袋的粗糠。

「小雞呢？」他們在豬圈裡找到姑丈。

「你們進來時沒看到嗎？在小屋裡呀！」姑丈說。

「為什麼不養在雞舍呢？真奇怪。」阿明問。

「不是，地上的粗糠還沒鋪好，不能放進去。」姑丈說。「本來要他明天送的，沒有聯絡好。」

阿明原本以為小雞在小屋內一定到處亂跑，滿地都是，誰知一進門才知道完全不是那麼回事。

小雞被放在一個個的長方形紙箱裡，紙箱不高，但一個疊一個，疊了十幾層，箱子旁都有圓孔可以通氣。乍看之下，好像一座住滿小雞的摩天大廈，圓孔則是窗戶。

「吱……吱……喳喳……」好似一群人關在房裡開會。

建雄把紙箱一層層搬下來，平放在地上。

「吱！吱！吱！」

「喳！喳！喳！」

「吱！吱！吱！」

突然間屋內變得像菜市場一樣吵鬧。

「小心，別壓到小雞。」月娟提高嗓門，要建雄注意。

「噓！小聲一點，別嚇到牠們了。」建雄反過來提醒她。

「嘩……嘩……嘩……」

喧鬧聲愈來愈大，好像油鍋裡淋了水，熱油泡四處噴射爆裂一般，震耳欲聾。阿明猜想一定是本來安靜的小雞被吵煩了，也加入吵鬧的行列，就像嬰兒房裡的小寶寶們，一個哭了，就連鎖著傳染給大家。

一個箱子裡大約裝了有一百隻，十幾個箱子，就有上千隻小雞了，難怪吵死人。

阿明雙手捧出一隻來仔細端詳，牠輕輕的，像拳頭般大，黃褐色的羽毛軟軟鬆鬆的，瞪著大眼睛朝阿明吱喳亂叫，十分玲瓏可愛。阿明不禁擁入懷中，不停的撫摸。

姑丈來找人了，他要月娟把箱子收好，領著建雄和阿明去鋪粗糠。

建雄和阿明合力抱著粗糠進雞舍，倒在地上，姑丈則拖著耙子將粗糠分散抹平，三人合作，很快就完成了。

接著放進盛著飼料的盤子，又在上頭點了燈泡，要他們把箱子一個個搬進來。

姑丈把箱子一邊打開，小雞們就像水庫洩洪一樣奔騰而出，四處亂鑽亂蹦。個個撐出兩隻紅紅的小腳丫，像小朋友們撩起褲管露出的小腿肚，下課鐘聲一響，全部的人從教室裡蜂擁而出。

走出雞舍，阿明仍然眼花耳鳴，而建雄卻興奮過了頭，又挑逗包娜娜尋開心。

他拿著一根樹枝，走近包娜娜，像揮舞著西洋劍一般邊跳邊刺，包娜娜受到挑釁，簡直就要發狂，伸出兩隻長爪，又擋又抓，兩人一前一後，一進一退地對峙著。

「建雄！別鬧牠！」月娟看了很生氣，跑過去搶走樹枝。「你再頑皮，我就叫爸爸來修……哇！」

「哇！」話還沒說完，月娟連叫兩聲，像觸電一般地收回手臂，原來是包娜娜發狠，也認不清誰是敵誰是友，一把抓過月娟的手臂，月娟掙脫開了，卻劃出一道血痕。

「可惡！看我收拾牠。」建雄再度拾起樹枝，作勢向前衝。

「建雄，住手！」月娟制止他。「回家去了。」

建雄到小屋內取出紅藥水，幫月娟塗上，又扮著鬼臉在阿明耳邊說：「這下真正是辣手摧花了。」

月娟隱約聽見了，罵說：「還敢說，一切都是你的錯，看我去跟爸爸講，把你毒打一頓。」

建雄聽了才真正正經了起來。

月娟終究只是嚇唬建雄，並沒有向姑丈告狀，建雄確定了沒事之後，下午又和阿明去找慶記玩了。

慶記今天又有新花樣，找來他弟弟阿標，四個人到竹林裡玩「兩根柱子」。

這個遊戲聽起來很土，光聽名字也猜不出玩法，不過聽慶記解說之後，阿明覺得好像滿好玩的。

他說：「阿明和阿標比較弱，所以你們兩個猜拳，贏的和建雄一國，輸的和我一國。」

結果是阿明和慶記一國，阿明心想贏定了，阿標不過才五年級，怎麼和他們比呢！

慶記選擇一小塊竹叢為「柱子」，也就是他們的基地，建雄則選了林邊的一棵相思樹，相距約三十公尺。

慶記說：「這個基地是有電力的，每個人在自己的基地上可以充電，充電之後可以出來抓對方的人，對方只要比你晚離開他的基地，電力就比你強，被他抓到就成了他的俘虜了。」

「俘虜怎麼辦？」阿明問。

「自己國的人可以來救。」建雄答。

「玩一次就會了，來。」慶記說。

遊戲一開始，慶記先出去，接著建雄離開相思樹要來抓他，慶記大叫：「阿明來抓建雄。」

阿明一聽衝出去，還沒碰到建雄，已經被最後出來的阿標抓住。這時慶記要回基地充電反過頭抓建雄，卻也被先一步趕來的建雄抓走了。兩人都被俘，阿明的那一國就滅亡了。

建雄說：「才四個人一下子就玩完了，一點也不刺激。」

「我們多找些人來玩吧！」慶記說。

他吩咐阿標去找他同學，他和建雄也去找同學，不一會兒招兵買馬後竟然找齊了十二個人，每一國有六個人。

人多之後果然難度增加，得記得每個人離開基地的順序，也要更提防不要被抓，因為對手增加了。

阿明被抓了幾次，也被救了幾次，他也抓過幾個人。有好幾回其中一國被抓走了五個人，眼看就要亡國了，但這五人中第一個人踩著敵國基地，其他人手拉手，盡量伸向自己的基地，最後被第六個人跑來救了，起死回生，又重新開始。阿明覺得這個遊戲好玩極了，一回台北，他也要找同學來玩。

一陣陣追趕跑跳之後，大家都累了，但也都揮著汗，滿意地笑著，大家約定還要找時間再來玩。

回程中阿明覺得很渴。

慶記說：「跟我走，這附近有奉茶。」

「奉茶？什麼茶？」阿明問。

「是好心人擺在路邊，免費給過路人解渴用的。」

一邊走，阿明才注意到阿標好像穿了大一號的短褲，褲腳鬆垮垮的垂到膝蓋上，不時用雙手撩起來，好像早上看到的小雞，模樣真可愛。又想到剛才十二個人追逐廝殺的場面，和那群雛雞也有幾分類似，不禁笑了起來。

「你笑什麼？什麼事這麼高興？」建雄好奇。

「沒有，我覺得兩根柱子很好玩。」

「好玩，那明天再來玩。」阿標說。

「好哇。」建雄說。

「哪！前面那缸水就是。」慶記指著路旁大樹下，架在木架上的一個小陶缸說。

「咦！這不是我伯母他們的田嗎？」建雄看了看四周說。

「對呀！這缸水也是她放的。」

「你怎麼知道？」

「我看過她提著一個大茶壺倒水進來。」

「那我不喝。」建雄說。

阿明渴得要死，不管那麼多，拿起架子上的碗，打開圓形的木頭蓋子，舀了一碗水，低頭要喝。

「哇！什麼東西？」阿明大叫一聲，嚇了一跳。

建雄趨前一看，碗裡的水面上浮著十幾顆粗糠。

「我就說嘛！她哪有那麼好心，還故意在水裡灑上粗糠，叫口渴的人想喝又不敢喝，這樣作弄人，真是壞心。」建雄對慶記說，不想他誤以為伯母是好心人。

慶記說：「哎！你錯了，這些粗糠是洗乾淨才放進去的，目的是讓口渴的人把它們撥走再喝。」

「為什麼要這麼麻煩？」阿明問。

「你想，像你這麼渴，見了水一定猛灌，本來熱呼呼的喘著氣，突然一口喝下去，不是很容易嗆到嗎？等你把粗糠撥開了，氣也沒那麼喘了，喝下去就很順啦！」慶記說完拿過阿明手上的碗，用嘴把粗糠吹開，慢慢的喝了一口。又說：「這個道理是我媽告訴我的。」

「是嗎？」建雄仍一副不相信的樣子。

阿明卻覺得慶記說得很合理。

「那這樣說來，伯母並不像建雄說得那麼壞，她也是一個好人囉！」阿明心裡這樣想著。

11 創意壽司

接連好幾天阿明都跟隨大家到竹林裡玩「兩根柱子」，為了跑快一些，他也學大家把拖鞋脫了，打赤腳在泥地上奔跑，不但速度真的增加了，而且除去了拖鞋的束縛，雙腳變得好自在。

玩累了，他們仍跑到水缸那兒解渴，不過建雄始終堅持不喝。姑姑說過兩天就中元普渡了，要大家到農場裡去多摘一些龍眼回來拜拜。

這一天他和建雄、月娟拿著一個大布袋到農場去，阿明也學著爬樹，大概這些日子玩「兩根柱子」，手腳變得有力，動作也俐落許多，一下子就攀上果實叢裡了。

不多久布袋裡就裝滿了龍眼，三人合力只能將它抬離地面，卻走不了幾步路。月娟想到餵飼料用的獨輪車，便差建雄去把車推來，果然搬到車上之後，推著走是又快又輕鬆。

今天建雄很乖，沒再去惹包娜娜，但是包娜娜是會記仇的，一見到建雄的身影就咬牙切齒的，又蹦又跳。

阿明不解地說：「牠又不像瑪莉會看家，只會發狂亂抓人，為什麼還要養著牠呢？」

「沒辦法，牠是爺爺生前的寵物，本來養在大廳前的屋簷下，很乖的。自從爺爺去世之後，牠就情緒不定，時常暴跳如雷，所以怕牠傷了人，就遷過來這兒養。」月娟說。

「我爸說那是爺爺留下來的，我們得好好照顧牠。」建雄補充。

「你知道就好！」月娟瞪了他一眼。

到了曬穀場，還沒進門就聽見屋裡兩個女人的談笑聲，原來是慶記的媽媽來了。

她帶來了一大盤壽司，說是慶記的爺爺想吃壽司，她就特別做多一些，送來給大家吃，謝謝姑姑那天借她大鍋子用。

姑姑見到那麼多龍眼非常高興，馬上到房裡取出一個大塑膠袋，抓了好幾把塞進去。

「清水嬸，這一袋拿回去吃。」姑姑說。

「不用了，豐嫂，你們吃就好……」

「你看，多的是，也不是拿來賣錢的……」

「不用了，不用……」

阿明在一旁吃著壽司和龍眼，對這種送禮物和辭謝的場面已經不感新鮮了，在鄉下這幾天，他不知看過多少次這樣的畫面，反正最後對方一定會收下，而且是很不好意思的樣子，沒有一次例外。他又不懂，既然一定會收，又為什麼還要推辭那麼久，鄉下人真奇怪。

壽司裡包著紅、黃、綠三種東西，看起來很漂亮，吃起來卻很甜，加上龍眼也是甜的，一下子就吃膩了。

「龍眼這麼多，你會不會拿一些過去給你大嫂？」慶記的媽媽收下禮物，卻問了這麼一個問題。

真是哪壺不開提哪壺。

「哼，從來也沒看她拿東西過來！」姑姑口氣變了。

「你們前一陣子又吵架了？」

「你怎麼知道？」

「我一大早去市場跟她買香腸時……」

「她又說我的壞話了？」姑姑插話。

「不是啦！她說後來問清楚阿德了，燈一關，阿德愣在裡面，忘了出聲……。」

「還有呢？說了我什麼壞話？」姑姑又插話。

「沒有啦！她說阿德說洗澡時隔壁很吵，可能是她誤會了……」

「是嗎？」姑姑的表情就像建雄不信奉茶的事一樣。

姑姑看阿明不吃了，以為他不好意思，又抓了一大把龍眼給他，說：「儘量吃，吃完再去摘就有了。」

阿明聽得很專心，當下做了一個決定。

「姑姑，我現在吃不下了，我也用袋子裝起來，慢慢吃……」阿明覺得這麼說有點怪，姑姑一定是把龍眼擺在客廳，誰想吃就去拿，根本不需要裝起來再慢慢吃。

「哦！姑姑，仙桃是什麼樹？」他趕快扯離話題。

「喔！仙桃就是蛋黃果，像芒果那麼大，但形狀像桃子，裡面的肉是蛋黃色的，軟軟的，很香很好吃。」

「嗯！人家都拿來拜拜用，種的人少，很貴的。」慶記的媽媽也幫忙說明。

「喔！難怪……」阿明想到那天騎腳踏車撞到仙桃樹，建雄那副緊張的模樣。

「曬穀場對面有一棵，可以去看看。」姑姑手指外面。

「哦！我知道。」

「你知道……你知道還問？」姑姑好像發現阿明怪怪的。

「不，我是說……我知道鄉下應該會有……」阿明吞吞吐吐地，說完就抓著龍眼跑到曬穀場上去了。

吃午飯時，姑姑徵求大家的意見。

「明天，全部的人都要去農場幫忙一天，而我要準備後天普渡用的東西，也要忙一天，中午恐怕沒時間準備飯菜，所以我想明天中餐，你們就買麵包在農場吃，好不好？」姑姑說。

「我不喜歡吃麵包。」建雄擺出一個苦瓜臉。
「對了！我們也來包壽司好了。」月娟想到早上吃到的壽司。
「今天晚上把材料準備好，明天一大早我把它捲一捲，可以當早餐，連中餐也一併解決。」
「那不會壞掉嗎？」建雄問。
「不會。壽司裡有醋可以保鮮，而且冰在冷藏庫裡根本不怕。」姑姑說。「這個主意不錯。」
「姑姑，有沒有鹹的壽司？」阿明問。「早上的好甜，吃沒幾個就膩了。」
「慶記他媽媽包的是豆枝、醃黃蘿蔔和小黃瓜，難怪你嫌甜。」姑姑又說：「不然，你喜歡吃什麼，阿明。」
阿明想了一會兒，答：「我喜歡吃蝦餃、花枝餃、蟹肉棒……」

「那是火鍋料，現在是夏天，上那兒去買。」月娟打斷他的話。

「誰說的，那一天在海產店裡就有。」阿明提起抓雞那天。

「嗯，可以試試看喔！這些東西都是長條狀的，煮熟了包起來，應該沒有問題。我下午就去海產店買。」姑姑說。

「也好，做一些甜的，一些鹹的，任君挑選。」月娟說。

下午建雄和阿明又出去玩兩根柱子，傍晚回來時，一進門就有一股酸味撲鼻而來。

「哇！好酸的味道，什麼東西？」阿明大叫。

「是壽司醋啦！」月娟的聲音從廚房傳來。

阿明進廚房一探究竟，餐桌上一個大碗公裡盛著黃色透明的醋。

「壽司醋要自己煮，白醋加糖加鹽。」月娟很得意地解說。「我們家政課教的。」

桌上還放著一包米，不像是從米缸裡舀出來的。

月娟看出他的疑問說：「這是『壽司米』，為了你才特地去買的。」

「這和平常的米有什麼不一樣？」

姑姑走過來說：「其實都是蓬萊米，只不過選比較完整圓潤又香Q的，專門來做壽司會更好吃。」

月娟用竹簾把海苔、飯和材料捲起來，動作優雅而熟練。阿明覺得那個竹簾似曾相識，很像他用來捲毛筆用的竹簾。

「來！」月娟切下一口給阿明。「你指定的壽司，我還加了沙拉醬，應該會好吃。」

阿明吃了猛點頭：「好吃！好吃！」

「真的假的？」月娟覺得阿明的表情太誇張了，也吃一口看看。

「嗯，真的很好吃耶！」

「阿明，你真是天才！」月娟的結論。

由於阿明指定的這種壽司實在口味獨特，所以晚餐就端上桌，請大家先嚐為快，果然獲得好評，不但阿明得意，月娟也沾沾自喜。

電話鈴響，姑姑去接。

過了一會兒，傳來她的呼聲：「阿明，電話，你爸爸打的。」

電話那頭傳來爸爸的聲音：「喂！阿明，該回家囉！」

「爸，我才來沒幾天……」

「不行，你同學鄭翔聲和何登洲打電話來找你……，人家早就去補英文了，只有你還在玩。」

「爸，再一個禮拜，好不好？」

「不行！我明天去台南出差，後天回來順便去接你，就這樣了。」

想不到來這兒這些天，第一通電話就是要他回家，阿明感到很生氣，而且姑姑家這麼好玩，他真捨不得離開。

回到餐桌，阿明變得悶悶不樂。

「哎！我也對你爸說再過幾天，他就那麼堅持。沒關係，以後有的是機會再來。」姑姑安慰他。

晚飯後阿明心情仍然不大好，不過雖是如此，他並沒有忘記白天所做的決定。

夜裡，等大家都睡了，阿明偷偷溜出了門，他早已把早上沒吃的那一大把龍眼裝進塑膠袋裡，現在他則穿過曬穀場，將它掛在伯母家的大門把手上，心裡想著：「這是這幾天來，謝謝你的奉茶的。」

12
龍眼立大功

阿明作夢也想不到今天的任務竟是充當臨時獸醫，給小雞們打針。他回想起以前給醫生打針的時候，總是緊閉雙眼，滿懷恐懼，現在反過來要他手持針筒，插到別人的肉裡面去，他一幻想起那個畫面便不寒而慄。

月娟瞧見他嚴肅而憂慮的表情，笑著安慰他：「不用擔心，非常簡單的。」

獸醫還沒來之前，姑丈要大家幫忙，拿著鐵絲製成的柵欄，像抓雞那天一樣，把四散奔竄的小雞們趕到一塊兒。阿明覺得今天輕鬆多了，雞還小沒力氣，也跑不快，很快的就趕集了五堆。

獸醫劉伯伯來了，他提著一個小藥箱。藥箱裡面有幾瓶透明的藥水，卻沒有針筒，只看到一個個像指甲片大小的塑膠片，上面各自安插了兩支像縫衣針大小的鋼針。

「咦！沒有針筒，怎麼注射呢？」阿明發出疑問。

劉伯伯知道阿明是農場的新鮮人，親切地對他說：「很簡單的，你看……」

說著，他打開藥水瓶蓋，用食指和大拇指夾住塑膠片。把針伸入瓶內，沾上藥水。另一隻手則往柵欄內撈起一隻小雞，提起一對雞翅膀，讓針湊近來，從胳肢窩插進去，小雞哀哀叫了兩聲，掙扎了一下。

「你看，就是這麼容易。」劉伯伯又把雞放到柵欄外，還牠自由。

打了針的小雞依舊活蹦亂跳，抖了抖身子，又去飼料盤吃東西了。

「這些雞生了什麼病？需要打針。」阿明另一個問題。

「沒有。這是預防針，和我們人一樣要打預防針，如果不小心有一隻生病了，那很快就會傳染給全部的雞，造成雞瘟，若真成那樣就沒救了。」姑丈解釋。

姑丈要大家圍著一堆小雞坐下板凳，並且分配好針和藥水。他要一堆一堆的解決。

「想不到這一點點藥就夠了。」阿明看著針上沾著的藥水。手中的小雞「吱！吱！」叫了幾聲，模樣真是教人又愛又憐，阿明心有不忍，每次都輕輕緩緩地扎下去。

「嘿！你這樣反而使小雞更痛。」建雄糾正他，並且示範了一次快進快出的動作。「像我這種迅雷不及掩耳的速度，小雞還來不及痛就已經在吃飼料了。」

建雄說得真是誇張，看他臉上陶醉的表情，反而更像是一個虐待狂，沉浸在「施暴無罪，凌遲有理」的變相快感中。

「哇！」阿明一分心，沒有揑緊撩起的翅膀，一針戳下去，見的是自己的血。手中的小雞歪頭斜腦的，好像在取笑他。

「哎！怎麼辦？會不會生病？」阿明驚叫。

「糟糕了，過了十二點，你就會變成一隻小雞。」建雄故意嚇唬他。

「哎呀！打了預防針，你今年都不用怕會生病了。」月娟拿他尋開心。

「真的嗎？」阿明半信半疑。

劉伯伯安慰他說：「一點也不用害怕，藥進入人體很快就會分解了，沒有毒的。」

姑丈抓到一隻奇怪的小雞，半睜著瞇瞇眼，垂頭喪氣的，一點兒也不會叫。姑丈沒給牠打針，二話不說，高舉手臂，猛力朝牆角扔去。

「碰！」可憐的小東西，還來不及慘叫，就已摔得粉身碎骨。

阿明被姑丈突如其來的舉動驚嚇得目瞪口呆，半晌都說不出話來，腦筋一片空白。

「為……為什麼？」阿明終於恢復神智，眼眶卻溼了。

姑丈也愣了一下，不知道阿明的反應會如此強烈，他說：「這隻小雞一看就知道有毛病，沒有力氣和別人競爭飼料，很難長大，即使長大了也不會健康，雞商是不會買的，與其浪費飼料養大牠，倒不如即早將牠解決掉。」

姑丈又說：「等會兒，看到有跛腳的，斷了翅膀的，一樣交給我。」

阿明流下淚來說：「姑丈，能不能不要殺死牠們，讓我帶回台北好嗎？」

「啊！你家要養在哪裡？」

「陽台很大。」

「爸媽會同意嗎？」

「會的，我會求他們的。」

「嗯！好吧，反正明天你爸爸要來，這些問題小雞就先免牠死罪，等你爸爸來了再說。」

「喔！謝謝姑丈。」阿明總算破涕為笑。

接近中午時，姑姑騎著摩托車送來了好多盤壽司，有甜的也有鹹的，經過冷藏，冰冰涼涼的，好像很好吃。

不知什麼事，姑姑要建雄隨她一道回去。

他們兩人一走，大家便開動了，一邊吃壽司，一邊吃姑姑買來的仙草冰。

「日本人研究出壽司在攝氏十八度時最好吃，現在這個溫度差不多。」劉伯伯吃了一口，讚美說：「嗯！好吃，好吃，難得有鹹的壽司。」

「阿明發明的哦！裡面包了蝦餃、花枝餃、蟹肉棒、小黃瓜、肉鬆，料很多。」月娟幫阿明打知名度呢！

劉伯伯又吃了一口，瞇著眼睛，邊嚼邊說：「嗯！嗯！酸酸甜甜的米飯均勻地充滿在口腔中，清脆的小黃瓜和蝦蟹的鮮美，還有綜合了草原與海洋風味的海苔，千滋百味，一點一滴的撫摩著我的舌頭。」

阿明聽著也沉醉在劉伯伯的甜言蜜語中了，連盤子裡疊高的壽司也變成美麗的金字塔，旁邊搭配的醃嫩薑片則成了獅身人面獸，統統蒙上一層神祕綺麗的色彩。

「喂！老劉啊！想不到你還會作詩啊！」姑丈笑著。

「哪裡，沒有的事。」劉伯伯也笑起來，他突然又正經地說：「不過，阿豐啊！吃壽司倒使我想起一個問題來了。」

「什麼問題？」姑丈問。

「最近農會不是辦了一場米食推廣的試吃會嗎？」

「有，我也去看了。說是為了解決稻米過剩……。」

「才怪！」劉伯伯打斷他的話說：「你有沒有注意到展示的東西大部分都是糯米做的紅龜粿啦！麻糬啦！肉粽啦！不然就是在來米做的碗粿、芋頭粿、菜頭粿，根本就不是我們平常吃的，過剩的蓬萊米呀！」

「咦！你不說我還沒注意到，確實如此。」

「所以，我說要推廣米食，應該推廣壽司，把壽司的口味變得花樣多一些，像這樣……」劉伯伯又掐了一顆送進口中。「大家才會喜歡吃。奇怪！這些辦推廣的人，到底有沒有腦筋？」

「我看還不是要強調『中國』傳統米食，壽司可是日本的傳統食物喔！」

「哎！死要面子！死要面子！能解決問題才最重要……」劉伯伯說到臉紅脖子粗了。

阿明聽著，忍不住也插上一腳。「為什麼稻米會過剩呢？」

姑丈說：「因為現在的生產技術愈來愈進步，產量很高，可是大家飯吃得少，所以就剩了一大堆賣不出去。」

「還不是你們這些小朋友，愛吃漢堡、薯條、炸雞，不吃飯。」

劉伯好像還在生氣，但說完了卻笑了一笑。

「漢堡很好吃，炸雞更是好吃！」阿明說。

「好吃有什麼用？只有熱量沒有營養，吃多了變成沒有力氣的大胖子。」劉伯伯的表情還是變來變去的，很好玩。

「還好，我這麼瘦，可以多吃一點。」

「亂講！」劉伯伯怪他。

姑丈有點看不下去了，他說：「老劉啊！話說回來，小朋友如果不愛吃漢堡、炸雞，那麼農場的生意也就不會像現在這麼好了，恐怕你也要閒著沒事幹啦！」

「咦！說得也是，哈……」劉伯伯聳聳肩。

建雄回來了，他已經在家裡吃飽了，他故意找阿明去上廁所，其實有事要單獨對他說。

「天哪！剛才你沒注意到我媽的表情，好像面臨了天大的危機似的。」建雄沒頭沒腦地說著。

「你到底在說什麼，我一點也聽不懂。」

「我媽不是叫我回去嗎？你知道幹什麼嗎？」

阿明搖頭。

「她要我送一袋雞蛋去給伯母，因為阿德早上送來一包香腸，天哪！這種事從來沒發生過，不僅是我媽，連我也擔心，不知道要發生什麼大事了。」

阿明一聽先是一愣，後來他似乎想通了，笑著安慰建雄：「嗯！別擔心，應該不會有事的，放心好了。」

事情不只有這樣，下午他們給小雞打完針回去時，阿德又送來三顆仙桃。

姑姑又派建雄到屋後空地抓了一隻雞送過去，她說：「我們不佔別人便宜的。」

姑姑家裡籠罩著一股不安的氣氛，每個人的臉上都顯得有些嚴肅，只有阿明的心中偷偷的笑著。

第二天一早，阿明剛起床還沒刷牙，就急忙忙的抱出床底下的奶粉罐，那是建雄收集的空罐之一，送給阿明裝那三隻問題小雞的。

小雞們原本在黑暗的床底下沉睡著，突然見了光又受到震動，紛紛驚醒過來吱喳亂叫。阿明趕快拿出姑丈給他的一小罐飼料粉，灑了一些進去，小雞聞到味道便彎下腰啄了起來，爭先恐後的樣子，像怕被別人搶了似的。

這三隻之中，有一隻是翅膀萎縮變形的，另外兩隻則是跛腳。跛腳的這兩隻雞都只撐出一隻腳站立，另一隻腳則彎曲綣縮，大概是單腳的力氣不夠，牠們常需要蹲下來休息。

看著這三隻原本早該一命嗚呼的殘障雞，那嬌弱無力的模樣，教阿明萬分憐惜，他嘆了口氣說：「哎！可憐的小東西。」

整個早上大家都忙著幫姑姑準備普渡的事情。

要用來拜拜的供品很多，比去百姓公廟用的牲禮多了好幾倍，不只有雞、鴨、魚、豬肉，還有汽水、果汁、餅乾，都是一箱一箱的。

阿明發現今天用的紙錢也不同，上面不是印著福祿壽三星的圖案，取而代之的是一些梳子、鏡子、衣服……等等，日常生活用品的圖案。姑姑解釋說，那是因為普渡的關係，所有的食物請好兄弟們享用之外，可憐他們在地獄受苦，身無分文，便焚燒銀錢給他們，也送一些日常用品過去。

拜拜的東西太多了，以至於要搬出兩張桌子才夠。

阿明和建雄把桌子搬到奉祀祖宗牌位的大廳門前，正要回屋內去搬汽水時，伯母和阿德也搬著桌子過來了。

阿明看了建雄一眼，建雄低聲對他說：「這種大節日都是來大廳拜的，他們也一樣。」

就這樣四張桌子併在一起，一邊擺滿姑姑家的供品，一邊放滿了伯母家的東西。阿明仔細地觀察了一下，兩邊的祭品大多不同，卻有幾盤東西是一樣的，姑姑這邊有一盤仙桃，伯母那邊也有；伯母那邊有香腸，姑姑這邊也有；還有一邊各有一盤龍眼……。

教人驚訝的是，準備要燒紙錢的時候，伯母竟然親自走過來，笑著向姑姑借火柴。

姑姑被這突如其來的舉動愣住了，向四周找了半天，才發現自己也沒帶火柴過來，她也忘了叫建雄回去拿，反而故作鎮定的走回屋裡去取來。

天氣很熱，正中午，又加上兩盆火，把大家的臉都燒得紅通通的。

大約兩點的時候，爸爸身穿白襯衫，打著領帶，手上挽著西裝，出現在姑姑家的客廳。好久沒看到爸爸了，可是阿明卻沒有高興的樣子。

「哇！這誰家的孩子呀！又高又壯。」爸爸看阿明結實了許多，又穿著拖鞋、汗衫，差一點認不出來了。「去換衣服，該回家了。」

阿明提出那罐奶粉罐，建雄昨天已像做土窯雞那樣，穿上一條鐵絲當把手。

「爸！我要帶這個回家。」

「什麼東西？」爸爸看了之後，面有難色。

「爸！拜託，拜託啦！牠們很可憐喔！我們不收留牠們，牠們就會死掉了。爸，你最好了，好啦！拜託！」阿明又撒嬌又灌迷湯。

「帶回去是可以，不過餵飼料、清理廢物，都要你自己來喔！」爸爸只提出這個條件。

「好！萬歲！」

阿明早就有把握可以說服爸爸，不過他仍十分高興，因為這好幾天來隱隱約約存在心中的一絲絲罪惡感，頓時消失得無影無蹤了。

他依依不捨地向大家告別，並約定寒假時還要再來玩，遺憾的是慶記不在，無法當面說再見。阿明想託建雄轉告慶記時，建雄卻因不忍面對離別的場合，躲進房間裡去了。

路上，爸爸抓了抓阿明的手臂說：「嗯！確實結實了一些，愈來愈像土雞了。」

阿明一聽，才猛然想起他還沒真正搞懂「飼料雞」和「土雞」有何不同呢！心虛得紅了臉。不過他用手指頂了一下眼鏡之後，又興奮地向爸爸訴說姑姑家許多好玩的事情。

他吱吱喳喳地講個不停，聒噪的樣子一點也不輸給奶粉罐裡的小生命。

他的初書，蓋出一座童書的大觀園（後記）

國立台北大學中文系助理教授　楊奕成

《姑姑家的夏令營》是鄭宗弦老師的初書，出版迄今已滿雙十，而雙十正是它行弱冠之禮，讀者回顧其成長之時。藉此，我重溫這本書，發現二十年來非一夢，原來他早挖掘一身的素養，裁成不同類型的題材，栽植一個小園圃。長溝流月去無聲，他辛勤筆耕，如今已由「點」幅射出許多「面」，作品逾百本，蔚為一座童書的大觀園。

不進園林，怎知他妙筆經營如許？且看小說的主角阿明，他的姑姑嫁入一戶大家庭，與兄嫂合住一個三合院，其中妯娌之間、孩子之間的互動，姑姑與鄰居人情的往還，阿明在鄉下生活的種種體驗、學到的知識。多年以後，他完成了《阿公的紅龜店》、《大番薯的小綠芽——台灣月曆的故事》、《有禮這一家：生命禮俗大揭密》等書，呈現他保存先民的記憶還有倫理親情的「面」。

再看阿明改造傳統偏甜的壽司，發揮創意，把各式的火鍋料包入壽司中，大家吃了都讚不絕口。多年以後，他完成了「少年總鋪師」、「少年廚俠」系列等書，呈現他把飲食與文化結合的「面」。

又看阿明不慎踩到豬糞，急得哭了。表哥建雄見他滿懷恐懼的模樣，便取笑他「愛哭鬼」、「黃金豬腳」，讓他委屈至極。這種言語的霸凌，往往在當事者心中烙印不可磨滅的傷痕，甚至可能影響其未來的價值觀與人際關係。多年以後，他完成了《蛛蜘老大毒天王》、《草帽飛起來了》、《一封沒有字的信》等書，呈現他關懷兒少讀者情感教育的「面」。

又看阿明與表哥建雄來到百姓公廟後的塔頂，見廟脊上的福祿壽三星，以及兩邊各有一條青龍昂首向天際吐出朵朵紅花，還有藉由陶瓷人偶演繹的戲曲故事，都讓阿明看得出神。而阿明在王得祿墓園看見石像生、石翁仲，也感到有趣極了。這些都展現他對民俗藝術、工藝品與古蹟、古董的興趣。多年以後，他完成了「穿越故宮大冒險」系列的書，呈現他為國寶創造新價值的「面」。

又看姑丈告訴阿明百姓公不是神，是好兄弟，也就是因水災而喪生的人。另外，阿明看見殘缺的雞被摔死，他心疼的撿回一隻要帶回去養。多年以後，他完成了《又見寒煙壺》、《媽祖回娘家》、《我的姐姐鬼新娘》、《有人在鹿港搞鬼》、《神豬減肥記》等書，呈現他對生命敬意與民間信仰的「面」。

作家的初書，雖是「一臉稚氣」，然而那躍動於字裡行間，呼之欲出的潛力卻令人著迷與期待。欣見鄭老師《姑姑家的夏令營》再版問世，它不但提供初登文學創作之堂的讀者學習與參考，也讓老弦迷回味童年，新弦迷大開眼界。

於二〇一九年八月

姑姑家的夏令營

國家圖書館出版品預行編目（CIP）資料

姑姑家的夏令營 / 鄭宗弦著 ; 吳嘉鴻圖 . -- 增訂新版 . --
臺北市 : 九歌 , 2019.10
面 ; 　公分 . -- (鄭宗弦作品集 ; 5)
ISBN 978-986-450-262-2(平裝)
863.59　　108014867

作　　者——鄭宗弦
繪　　者——吳嘉鴻
責任編輯——鍾欣純
創 辦 人——蔡文甫
發 行 人——蔡澤玉
出　　版——九歌出版社有限公司
台北市 105 八德路 3 段 12 巷 57 弄 40 號
電話／02-25776564・傳真／02-25789205
郵政劃撥／0112295-1

九歌文學網　www.chiuko.com.tw

印　　刷——晨捷印製印刷股份有限公司
法律顧問——龍躍天律師 ・ 蕭雄淋律師 ・ 董安丹律師
初　　版——1999 年 2 月 10 日
增訂新版——2019 年 10 月
定　　價——260 元
書　　號——0175005
I S B N——978-986-450-262-2